中公文庫

50代からしたくなるコト、なくていいモノ

岸本葉子

中央公論新社

50代からしたくなるコト、なくていいモノ　目次

50代からしたくなるコト、なくていいモノ

まとめて配送

家にいると、玄関のチャイムが鳴る。ネットで購入した品の配送を、この日にしておいたのだった。

ドアを開け、配送の人の抱えている箱に「えっ」と驚く。こんなに大きなもの、私、何か買ったっけ？　とまどいつつも受け取り開けると、底の方に、風呂掃除用の洗剤とスポンジが一個ずつ。まさかこの梱包で。

ネットでの買い物が多くなっている。最寄り駅近くに店はあるのだけれど、なかなか行けない。仕事帰りに三〇〇メートル回り道すればいいとわかっていても「書類が多くて、この上液体洗剤は無理。次にしよう」。次に寄れば、食品フロアは営業中でも、日用雑貨フロアは閉まった後。「今日こそは」と意を決し、重い鞄《かばん》を肩にかけ、閉まる前に間に合わせると、私の探しているスポンジはない。そんなこんなで、ついネットに頼りがち。

箱の大きさもさることながら、数にもひるむ。ある日もチャイムにドアを開ければ、三箱も。「すみません、注文は一回にしたんですが」と思わず言い訳する。そう、あんまりしょっちゅうだと、自分の便利のため人を余計に働かせているよう（よう、ではなく、まさにそう）で後ろめたいのだ。

私のよく買うネットショップの配送は「準備できた順に」か「なるべくまとめて」かを選べる。有料の会員になっている私は、前者でも送料は増えないが、箱の数を減らしたくて「なるべくまとめて」。そんな私の遠慮と無関係に、堂々と箱を分けてくる。

有料の会員は「お急ぎ便」も追加送料がない。明日までに書く原稿のため資料の本が必要なときなど、非常に助かるが、「倉庫がどこかは知らないけれど、夜中に注文して明日着くなんて、過酷な労働現場があるのでは」と不安にもなる。箱が無用に大きいのも、とにかく時間に追われ「大きいのにしとけば、入らずやり直すことはない」という詰める人の事情からでは？

知人が配送会社の営業所まで取りにいったら、ネットショップの箱が山と積まれていたと言っていた。来る日も来る日もそれでは、げんなりもしよう。

とはいえ、ネットでの買い物は止《や》められそうにない私。せめて荷物一個につきいくらかが給料に上乗せされるなど、労働が報われることを祈るばかりだ。

カートに入れても

私がもっともよく顔を合わせている人。それは宅配便の人である。ひとり暮らしの私は、家族とより、はるかに頻繁だ。

ネット通販の利用の拡大で、配送業者の負担が問題となっている。私も負担を増加させているひとり。米、液体洗剤、シャンプー、コピー用紙……前は手がちぎれそうな思いをして、レジ袋をさげて帰ってきたものを、ネットで購入している。

来てもらう回数を減らすべく、まとめて注文するようにしているが、そうはいかないことも少なくない。その理由のひとつが、カートの時間制限だ。

今日明日要るわけではないけれど、近い将来必ず入り用になる種類のものがある。例えばハンガー。同じ型で揃《そろ》えているが、そろそろ足りなくなりそうだ。前はどのサイトで買ったのだっけ。なにげなく開くと「在庫僅少。次回入荷未定」。あら、たいへん、頼んでおかなきゃ。

来月は改まった行事が続くが、ジャケットがくたびれてきた。いつものブランドのを新調するかと、サイトを覗けば「残り一点！」。

切迫感をあおる表示に焦って、とりあえずカートに入れる。すると「商品は確保されていません。注文へ進んで下さい」。取り置きは基本的にできないのだ。サイトを閉じたら即、カートを空にされてしまうところが多い。

仕方なくそのまま注文へ進む。支払い方法、配送についての入力欄も途中にあるので、急ぎでなくとも、何らかの日を指定する。全部の欄を入力して、ようやく注文完了。「絶対買いますから、待って」という選択があればいいのに。

家に宅配ボックスのない私は、在宅できる日を指定し、出直しを減らすのが、せめてもの罪滅ぼしだ。ああ、今も玄関のインターホンが鳴り、画面にいつもの人が箱を抱えて映っている。

服もネットで買うことが多くなった。

この夏のセールでは、黒のワンピースを買おうと思った。シーズン中、百貨店でいちど見ている。法事にもそれ以外の改まった席にも着ていけそうで、あれば便利。あの服もたぶんセールになったはず。

そのブランドの通販サイトを開くと、なんと品切れ。百貨店のサイトも同様だ。さすがセール期間中、争奪戦は激しいようす。

他の百貨店のサイト、ファッションの総合サイトなどいくつかを転々とし、ようやく私のサイズが一点だけ残っているところがあった。ただちにクリック。

注文手続きが終わるまで、商品は確保されないとのこと。これは焦る。若い頃から情報機器に親しんでいる世代と違い、この種の操作はどうしても後れをとる。はじめて買い物するサイトのため、住所、氏名、電話、クレジットカードの番号などを、一から入力しないと。

急いで打ち込み、どうにか完了した。このサイトをAとしよう。

ところが、なかなか届かない。三日待っても一週間しても。セール期間中は発送まで日数を要することがある旨、注文画面に書いてあったが、一週間はかかりすぎでは。

そういえば、注文受付メールも来ていない。これまでの経験では、ネット注文すると、「ご注文を確かに受け付けました」というメールが、ただちに返ってきていたけれど、受信メールの中に、Aからのものはない。

「注文できていなかったんだ」。不慣れの上に、慌てていて、注文へ進む最後のひと押しか何かを忘れたのだろう。

そうこうするうち別のサイトBから、「再入荷お知らせ」メールが来る。Bでは、さきに調べて品切れだったが、再入荷したら知らせてくれるサービスがあり、それを申し込んでいた。

早速Bのサイトへ行くと、在庫は一点のみである。「奇跡的！」。逃さじとばかりに、即クリック。こちらは注文受付メールがすぐに来た。

翌日、玄関チャイムが鳴る。宅配便の箱が二つ。ひとつはBだ。開封して、よし、間違いない。もうひとつの送り主を見て訝《いぶか》しむ。Aから、なぜ？

開けて仰天。Bからのと同じワンピースだ。「だって、だって、Aからの注文受付メールなんて来なかったじゃない」と混乱しつつ、ハッと気づいてパソコンを調べると、「迷惑メール」の方に入っていた。はじめて購入するサイトなので、過去の送受信歴がないため、私のパソコンが「怪しい者」と判断し、そちらへ分類してしまったらしい。

「こんなことになる前に、Aのサイトで注文履歴を確認すればよかったじゃない？」と思われるだろう。私もそうした……つもりだった。

が、お恥ずかしい、私が確認したのは、Aとよく似た名前の、別のサイトだったのだ。短時間にいくつものサイトを次々と開いたので、自分がどこで注文したかわからなくなり、「頭文字がたしかAの……」と、似て非なるサイトを開き、「注文履歴　なし」なのを見て、「あ、やっぱり、注文できていなかったんだ」と。

改めてAのサイトを開けば、十日近く前に私はそこで注文している。「でも、でも、一週間も来なかったら、注文できていないと、ふつう思うじゃない」と抗弁したいが、それはほとんど言いがかり。日数がかかると断り書きしてある以上、Aに非はない。

つらいのはセール品のため、返品不可であること。その点はBも同じだ。まったく同じワンピースを二枚購入してしまった……。

泣く泣くリサイクルショップに持っていく。買取価格は、私が購入した価格の十分の一だった。

ネット注文は便利だけれど、よくよく確認しよう。特にセールのときは舞い上がらずに。

涙の教訓である。

脱マンネリ

「大人になると着るもの、難しいですよね」

同世代の女性とそう話していた。

ふだんの服は、それほど大失敗はしない。似たような傾向の服を着るようになっている。

問題はそこそこ「きちんと感」を出したいとき。彼女も働く女性で、ふだんは動きやすさが第一だが、職場で来客を迎えたり、あんまりラフなかっこうだと失礼に当たりそうな場に行ったりすることが、年齢的にままある。

そのときに、何を着るか。

黒のテーラードカラーのスーツでは、就活の学生のようだ。

かといって毎年春に売り出される、いわゆる「セレモニースタイル」、ラメ入りのツイードでコサージュが付いているノーカラージャケットでいいものか。あれだと仕事というより、入園式ふうになる。売る対象も、入園式のお母さん向けだから、私たちよりかなり若い。

「スカートはきゅうくつ。ジャケットは買うこともあるけど、セットアップでは絶対買わない」と私。相手の女性も、

「就活用スーツのスカートも、その意味では同じ。タイトで、長時間なんかとても着ていられない」

「無理無理無理無理。お腹の出てるのも隠せないし」

五十代からの世代が着やすくて、それでいて、そこそこきちんとした感じの出る服はないものか。

「そうだ、そういうファッション本を作りましょう！」

と膝を打つ相手。出版社勤務の女性である。

つくづく思った。世間話は、してみるものだ。何につながるかわからない。無駄におしゃべりなわけではないのである。


作りましょう！　と意気投合したところで、それだけでは事態は動かない。企画会議を通さねば。それには企画を立てないと。五十代女性の例として、まずは私のクローゼットの実際を見に来てもらうことになった。出版社勤務の女性の他、フリーの編

集者兼ライター、スタイリストを家に迎える。スタイリストとは、私の理解では、いろいろなブランドや旬のモードを知っていて、テーマに基づきコーディネートし、具体的な着こなしを提案する仕事である。

リビングにて、大人のおしゃれの悩みや困り事を話し合ったあと、クローゼットのある部屋へ移動する。

クローゼットを他人に徹底公開するのははじめてだ。前に雑誌で、似たような機会が巡ってきたことはある。収納コンサルタントが自宅に来て、クローゼットの中身をいったん全部出し、処分する服と残す服とを分けて、片付けるというもの。

そのときはお断りしてしまった。日程がいちばんの理由だが「全部出す」というのに、怖じ気づいてしまったのだ。自分のことを知らない人にいきなり要不要を判断されることへの抵抗感も、正直あった。

収納コンサルタントについては前から雑誌で読んでいて、体験企画では、

「まー、お金を払ってまでお願いしたいくらいの人に、ただで来てもらえるなんて羨ましいわ」

と思っていたのに、いざ自分がそうなりそうになると、願ってもない機会のはずが、受け入れられないことに驚いた。

今回のファッション本の趣旨は、その人らしさを否定しないこと。大人なら誰でも、服の傾向が決まってくるまでの歴史がある。それを重んじ、その上に立って、プラスアルファの提案をするのである。

前提として今の私の服の傾向をつかむため、クローゼットから出しては、写真に収める。ハンガーパイプから外し、見やすく置いて、撮影し、パソコンで画像を確かめ、次を……の作業を四人で分担して回していく。私は終わったものを、ひたすら元に戻していく係。

画像データ化するのは、面倒ではあるけれど、おしゃれの悩みのある人には、ほんとうにおすすめだ。自分の服の状況が、クローゼットに下がっているときより、ひと目でわかる。

三人の口を揃えての感想が、

「同じような服ばっかり」

そうなのだ。そうだろうとは思っていたけれど、画像を並べてみて「これほどまでに！」と驚いた。

移り変わるモードも、世にあまたあるブランドも知らないので、

「これは着やすい。似合う気もする」

と思うものに出合ったら、同じブランド、その中でも同じ形ばかりリピートしてしまう。着やすくて似合う気もする服を、毎回ゼロから探すのはたいへんだし。

ことに私の特徴として指摘されたのが、色違い買い。これ、ほんと多いのだ。ワンピースでまずグレーを買い、セールで同じ形のネイビーが残っていたら買い足すとか。まったく同じ形でなくても、ほぼほぼ同じのものも多い。襟なしの白のコットンのチュニックなんて、何枚あるか。小さな画像では、区別がつかないほど。

自分としては違いを楽しんでいるつもりなのだが、他人にはそうとは認識できず、「また同じ服を着ている」と思われているかも。人のために着るわけではないから、同じ服と思われてもいいと言えばいいが、費用対効果としては疑問だ。

「例えばこれを二枚買うお金で、別のものを買えば、おしゃれにもっと変化がつくのにとは思う」

色違いのワンピースを眺めて、そう言うスタイリストさん。その意味では、もったいないことをしていたようだ。

第三者の目で見てもらうのは大きい。画像データ化も、つまるところ客観視の手段なのだ。収納コンサルタントの来るのを拒んだとき私は、やや頑なというか、守りに入りすぎていた。

「きちんと感」を出したいときに困るということからはじまった、この話。だが、大人のおしゃれの弱点は、ふだん着にこそありそうだ。着ていて安心な、なじみのパターンからなかなか出なくなるという。

自分らしさを捨てないながらも、マンネリを打破する。これからのテーマである。

着ない服をなくす

クローゼットを第三者に見せて、気づくことがいろいろあった。

似たような服が多いことは、私は特に顕著らしい。

もうひとつ、数も少なくないそうだ。趣味が定まってきたからそう多くないはずと思っていたが、比べる基準がないので、自分ではわからないものである。

さらにもうひとつ言われたのが、数が少なくない割にはよく収まっていると。

わが家に衣装簞笥《だんす》はない。クローゼットに服から鞄から、旅行用スーツケース、ブーツまで入れている。シーズン外の寝具やホットカーペットといった、服飾雑貨でないものも。

その割に出し入れしやすい。わが家に来たのは、さきに書いたスタイリスト、編集者兼ライター、出版社の女性の三氏だが、ファッション本をよく手がけるライターさんも、

「個人のお宅の服の撮影と聞いていたから、もっと時間がかかると思っていたけど、

予想していた三分の一くらいの時間で済んだ」

と言っていた。

色別収納と「立てる」収納が、功を奏しているようだ。

ニット類やしわになりにくいワンピースは、たたんで引き出しに入れるが、その際立てている。引き出しを開ければ、何がどこにあるかひと目でわかり、取り出しやすい。

引き出しは服の色で分ける。赤系統の服はこの引き出し、青系統の服はこの引き出し、というふうに。引き出しの中でもグラデーションを作る。赤系統の引き出し内で、手前から奥へ、赤、濃いオレンジ、オレンジというように。

スタイリストさんも家で、似たような収納の仕方をしているそうだが、

「お宅の方がもっと徹底しているわー」

おしゃれのプロに認められて、意を強くした。

たたまずにハンガーにかけるものもある。しわになりやすいものは引き出しに入れずに、ハンガーパイプへ。パイプは三本あり、二本は上下の関係で、一本は下にパイプはない。そこにはコートや長めのワンピースを。二本ある方の上段には、ジャケットや丈の短いブラウスのトップスを、下段にはスカートを中心にボトムスを。レギン

スやデニムなど折りたたみ跡の気にならないパンツ類は、床置きのパンツラックに。それらも色がグラデーションをなすよう並べている。

皆さん言うのは、

「こうなっていると、その日着ていく服を決めるのもスムーズよね」

ふつうは、脱いでいちばん上になっている服をまた着ると。重ね置きすると、どうしてもそうなる。いわば表層部の服ばかりが回っていて、積まれて下になっている服は、いっこうに出番のないままに。

よくわかる。私もかつては引き出しに寝かせて収めていて、下の方の服をいざ着ようとすると、上の服の重みでしわになっていたり、あることそのものを忘れてしまったりだった。

収納の仕方で、着ない服を極力少なくできるというのが、試行錯誤を経た末の持論である。

でも「極力少なく」であって、ゼロにはできていない。あるとわかっていながら、ずっと袖を通していないものもありそう。

まめな見直しで、着ない服をなくすことをめざしていこう。

捨てられない気持ち

電子書籍を読む人が、周りにもだんだんに増えている。電子書籍に移行した理由を、知り合いのひとりは言った。

「だって場所を取らないから」

ああ、その気持ちはよくわかる。本好きな人ほど切実である。私はこれまでの習慣で紙の本を読んでいるが、紙の本の悩みはまさにそれだ。

わが家の本棚の状況を、これまでいくども書いてきた。スライド式の本棚が二つ。手前の棚と、それをずらせば現れる奥の棚との二列に収納できるのだが、それでも本が増えると、並びきらなくなる。立っている本の間に無理やり詰め込んだり、縦にしてある本の上に横に入れたり。手前の棚をスライドさせるには、そのためのスペースを空けておく必要があるが、そこにまで本を置いてしまう。

一冊取り出すにもおおごとだ。力いっぱい引き抜くと、周りの本が落ちてきて、

「ああ、もう」

溜息をついて入れ直す。奥の棚から取り出すには、たくさんの本をどかさなければならず。

いちいちその騒ぎだと、本を棚に戻すのも億劫《おっくう》になる。外出時に持ち歩いた本、寝る前に読んだ本は、テーブルに置きっぱなし。買ってきてそのうち読むつもりの本も、しまわないでテーブルに。テーブルの上が混み合ってくると椅子の上に。室内の本棚以外のところにも、本が積み重なってくる。

これも何度か書いてきたように、定期的に本の整理はしているのだ。年に三回ほど見直して、段ボール箱ひとつぶんを古書店に送る。それでもこう、部屋のあちこちに本が溜まってくるのは、

「そもそも本棚が小さすぎるのでは？」

と本気で思った。スライド式の本棚二つでずっと頑張ってきたけれど、そろそろ限界とみなすべき。もうひとつ増やしては？　狭い部屋だが、隙間家具みたいなものならまだ置けるかも。

「あそこなんてどうだろう」

箪笥と壁の間に目が行く。座って考えているだけではだめ。メジャーを持ち出して隙間を計り、通販のカタログにある本棚の寸法と比べる。ええと、注文方法は……。

「いや、待て」

自分にストップをかける。本棚を増やす前に、本を減らすことをすべきでは。定期的に見直している、つもりだけれど、さらに見直す余地はないか。

これまでの整理の仕方を思い出せば、手前の本の入れ替えが主だった。奥はほとんど触れていない。

奥にあるのは、とっておくべき本。なんとなくそう位置づけて聖域化していた。

聖域を侵してみれば、出てくる、出てくる。昔読んだ本。読んでよかったからまた読むであろう本。読んではいないけどよさそうだから、いつか読むつもりの本。結果として、何年も手をつけていない。

手をつけていない、すなわち、なくて済んでいる。その事実を正面から受け止めて、思いきって処分しよう。

状態のよいものと、そうでないものとに、床の上で分ける。書き込みや汚れ、ページを折り曲げた跡などがあれば資源ごみに出す、なければ古書店に送るものとして。

床に小山をなした本は、段ボール箱五つぶん。よくこれだけ本棚に入っていたと思う量だ。

同じ本が二冊あることもあった。奥の棚にあるのに、それを忘れてもう一冊買っている。持っている本をいかに把握していないかの表れだ。あるいは「持っているかもしれないな」とうすうす思いながら、買った。取り出すために手前の棚を動かす、動かすためにスライドスペースに置いてある本をどかす。その手続きを踏むのが面倒で。

持っていても、実質的に生きていたのは一部分。残りはいわゆる死蔵であった。

服については私は、ここまで溜め込むことはない。定期的に整理することは、本も服も同じだ。が、見直しの基準が、服と本では微妙に違う。

服についてはよく、こう言われる。昔似合った服が、今似合うとは限らない。いつか着るは、もう着ないと同じこと。その基準に照らし合わせて、しばらく袖を通していないものは処分する。

が、本の基準は服とは別で、「服は外側を飾り、本は内側から自分を作る。本を服と同じに扱い、安易に手放してはいけない」と考えてきた。

でも、本当にそうなのか。

自分の心をよくよく覗き込めば、本を捨てられない気持ちの中にも「飾る」と言うか、虚栄心のようなものがある。昔はこういう本も読んだ。こういう本も読んできたのだ、私は、と。

過去にすがる、と言うとおおげさだけど、薄っぺらな人間でない証拠としてとっておいているところが、ないとは言いきれない。

「いつか着る」と「いつか読む」の間にも、それほど差をつけられるものだろうか。溜め込んだまま何年も過ぎて、どうかするとあることすら忘れてしまっている状況は同じだ。

知り合いでトランクルームまで借りて、本をとっていた人がいるが、このほどトランクルームを引き払ったそうだ。訳を聞けば、古書店を何軒も訊ねてようやく手に入れたものだから、惜しいという気持ちだったが、頑張って持ち続けなくても、容易に探せるとわかったからと。

たしかに私も神田を歩き回った世代だが、今はネットで全国の古書店から探せる。本を取り巻く状況は変わったのだ。そのことを認めなくては。それでもまだ電子化についていくには至っていないが。

聖域へも踏み込んだ処分をして、さしあたり私の部屋には、そのへんに積んである本はない。本棚に本を入れられるのはすてき、スライド式本棚がスライドできるのはすてき……って、感動するところではないか。

スペースだらけの本棚を見ると、私の頭も精神生活もすっかすかになったようで、そらおそろしくなるが、そうなったらまた読めばいいだけだ。
捨てられないモノがあるなら、捨てられない気持ちの中身を覗いてみよう。

まだまだ減らせる

自宅を工事するために、同じ市内に仮住まいすることになった。

一時的であれ近くであれ、引越しは引越し。クローゼットの中のものも全部出して荷造りしなければ。

「モノを捨てるのは二ヶ月前からはじめた方がいいよ」

と、引越しを経験したばかりの女性には言われていた。服なんて着ていないもの、サイズの合わなくなったものがぞろぞろ出てきて、目をおおうほどの量を捨てたそうだ。処分するのが間に合わなくて前日と前々日会社を休み、「捨て疲れ」のピークで引越しトラックを迎えたと、涙の絵文字入りのメールが来た。

「私はそんな、泣くほど捨てることはなさそうだけど」

と内心思った。定期的にリサイクルショップに持っていっているので、着ない服はそうないはずと、割合のんびり構えていた。

けれど引越しが近づいてきて、クローゼットの中を見直すと、

「まだまだある」

処分できそうなものが。

日頃から早めの処分を心がけているつもりでも、とっておくものと手放すものとを判断する基準が、引越しでは変わる。「とっておく」の条件が厳しくなる。

クローゼットに入りきるかどうか、に「荷造りの労力をかけてまで、とっておきたいかどうか」「運送費をかけてまで、とっておきたいかどうか」が加わるのだ。それらを基準に改めて点検すると、

「うーん、これはもういいかも」

引越し直前は、ふだんならとっておきそうなものまで放出した。

私の場合、着たものより、こういう服も必要だろうと「買っておいた」ものが処分の対象となる傾向にある。

改まった席用にと買っておいた黒のワンピース↓改まった席に行くことなんて、ほとんどなかった。

会議用にネイビーのスカートが便利だとわかったので、セールのとき似たようなのをもう一枚買っておいた↓座りっぱなしの会議では、人のスカートなんて誰も見ない。何回同じものをはいていっても構わない。すなわち一枚あれば充分。

好みだからつい、という買い方をしたものも、危うい。発色のきれいな花柄のストールなんて、眺めては目の保養になり、持っているだけでうれしいが、

「こんなに要るか？　要らない」

と自問自答。五枚なくても三枚で、同等の満足は得られる。

ストールやスカートなんて、一枚一枚はそんなに場所をとるものではない。たたむとほんとうに小さくて、「これにウン千円（ものによってはウン万円）払ったのか」と拍子抜けするほどだ。荷造りの大勢に影響はないから、ただでさえすることの多い引越し前に無理して処分しなくても、転居先でゆっくり判断すればいいし、とも思う。

が、試しに処分候補のものをハンガーから外して重ねてみると、塵《ちり》も積もればで、結構かさばる。

「やっぱり、持っていくほどではないな」

思いきって処分。

引越しは最大の片付けと言うけれど、仮住まいへの移動でもそれはあてはまると知ったのだった。

保管ってたいへん

自宅工事のため一時的に転居することになり、服をせっせと減らしてきた。そして迎えた引越し当日。

服を運ぶのは、比較的簡単だった。荷造りは業者さんに依頼。本や食器は前日に梱包したが、服は当日まで、引き出しに入ったものは引き出しのまま、ハンガーに吊してあるものはハンガーのままにしておいていいと言われた。

ハンガーボックスという資材があって、引越し当日、運送トラックに載せて持ってくる。ハンガーボックスは、ひとことでいえば金属製のパイプを上部に渡した、縦長の段ボール箱。業者さんがクローゼットに吊してある服をハンガーごとまとめて外しては、次々パイプにかけていく。パイプの上の蓋を閉めて、荷造り完了。

いっさいがっさいがトラックに載ったら、業者さんといったん分かれ、私は先回りして仮住まいへ行っておき、向こうで迎える。

あいにくの雨降りだ。到着したトラックからは湿った段ボール箱が、次々と降ろされ運び込まれてくる。ハンガーボックスはとりあえず寝室へ。

ハンガーボックスから出そうとして、さて、ハンガーをかける場所がない。仮住まいの収納はクローゼットではなく押し入れ。吊すべきパイプはないのだ。

ベッドの上にとりあえず載せる？　いやいやそれでは寝る場所が。ハンガーごと畳の上に放り出しておいて、後日押し入れの寸法を計り、突っ張りパイプを取り付ける？　いやいや、いったん畳に積んでしまうと、かけ直す気力がわかなそう。

工事期間が終わったら自宅へ戻る。三ヶ月するかしないかで、再び梱包するのだ。

「相談ですが、このハンガーボックス、三ヶ月お借りできるでしょうか？」

思いきって引越し業者さんに尋ねると、「いいですよ」とのこと。たいへん恩に着たけれど、考えてみれば戻るときの引越しも同じ業者に依頼してあるので、向こうとしても荷造りの手間が省けるのであった。

三ヶ月間を共にすることになったハンガーボックスの詳細は。

幅は四五センチ。厚みのあるハンガーだと八本、薄いのだと十数本がかけられる。奥行きは五〇センチ。服の肩幅が収まり、横に少し張りだした袖もつぶれない。高さは二種類あって、九〇センチのボックスと一三〇センチのボックスと。低い方にはジャケットやスカート、チュニックなど丈の短い衣類、高い方にはワンピースやコートといった長めのものが入る。低い方が五個、高い方が四個の計九個だ。

　これが私の持っている服の量と内訳か。ファッションの本を作るとき傾向は把握したが、引越しでいよいよ全貌が明らかになった感がある。

　服の取り出し口は、ハンガーボックスの前面だ。言葉で説明するとわかりにくいかと思うが、ハンガーボックスの前面には縦の切れ目と斜めの折り目が入っている。この線で手前に折り返すと、蓋と前面がひと続きのまま斜めにめくれて倒れてきて、中のものを取り出せるのだ。

　ハンガーボックスは引越しのたび新しいものをおろすのではなく、使い回しをするらしい。使用感がある。

　ひとつはかなり危うくて、パイプの取り付けてあるところの段ボールが破れ、パイプが大きく傾いている。業者さんも荷造りの際気づいたのか、それには二つしかハンガーがかかっていない。

　トラックへの上げ下ろしの際できるらしい凹《へこ》みや、擦れ、黒っぽい汚れも多々。前に引越した誰かが、使い回しと知らずに書いたのか、「パパ　喪服」「ママ　卒園式スーツ」といった油性ペンの黒々とした字が妙に生々しく、人の家にしのび込んでいるようで落ち着かない。むろんそれは、仮住まい先に転居してきたばかりのためもある。

　ここからは服の保管が課題となる。引越し当日の疲れもあり、ハンガーボックスは運び込んだときのままにし、その間で寝た。

　一夜経《た》ち二夜経つと、

「このままで服はだいじょうぶなんだろうか」

と不安になってくる。引越しの日は雨だったと書いた。数日してもハンガーボックスの段ボールは、相変わらず湿気をたっぷり含み、濡れた新聞紙と埃《ほこり》っぽさの交じった匂い。そこに入れっぱなしでは、服に湿気と匂いが移らないか。

　せめて風を通そうと、ハンガーボックス前面の服の取り出し口を開けておく。

　しかし通る際にじゃまである。先述のように蓋と前面がひと続きになって倒れてきているのだ。床へと斜めに垂れ下がり行く手をふさぐ段ボールを、かき分け、またいで進むことになる。

　ハンガーボックスは寝室の入口から並べてあり、奥にベッド、突き当たりが窓だ。夜はようようベッドにたどり着き、朝起きたら何はともあれ窓を開け、匂いを逃がして深呼吸。

　仮住まいの団地は、緑が豊富だ。私が入居したのは五階の角部屋で、窓の向こうは高い木々。毎朝段ボール箱の中から這《は》い出ては森林浴をするようだ。反面この木々の多さが、湿気を生んでいるともいえる。

昼間家にいる日は、とにかく風通しにつとめる。

それでもハンガーボックスから湿気は抜けない。匂いもこもったままである。あいにく引越してきてからずっと、ぐずついた天気が続いていて、乾く暇がない。窓を開けて少しでも風を通す方がいいか、閉めてこれ以上湿気を入れない方がいいのか。

寝室に置いた湿度計は常に、八〇パーセント台だ。

段ボールは日に日にやわらかくなってくる感じ。直立しているべきハンガーボックスが、心なしか思い思いの方向へ歪《ゆが》んでいる。パイプの取り付け部が破れて傾いていたひとつは、裂け目が広がり、ついにパイプが中へ落ち込んで、用をなさなくなってしまった。湿気、おそるべし。

「水とりぞうさん　炭」をまとめ買いした。このネーミング、よくできている。湿気に悩む今の私のような人は、誇張とわかっていながら「ぞうさん」のように大量の水を吸ってほしいと願うのだ。「炭」は「ぞうさん」の除湿効果に脱臭効果を加えたもので、私の切実さのほどが知れよう。ネットで購入し、ハンガーボックスひとつに一個入れていく。

「服の保管って、たいへんなのだ」

痛感した。よくシーズン末のセールでは五〇パーセント引きになり、かえって赤字にならないかと思っていたが、今ならわかる。そうまでしても売り尽くしたい、文字どおり「在庫一掃」したいのだ。在庫があると保管そのものが負担だし、黴《かび》でも生やしてしまった日には商品にならない。

クローゼットにかけていたときは深く考えなかった、保管の現実。リフォームを機に気づかされる。

三ヶ月間住むのだから、生活の質を上げることに、まず取り組む。通るたびにばさばさと当たっていた段ボールの垂れ下がりは、折り返すところをクリップで留めて、じゃまなりに固定した。パイプの取り付け部が裂け、全体がひしゃげつつあったボックスは、他の段ボールを添え木のように当てガムテープで留めて、補修した。

寝室の環境が最低限整ったところで、持っている服そのものを再度見直すことにした。引越し前、

「運送料をかけてまで、とっておきたいかどうか」

と、かなり厳しめに点検したつもりではいた。そこに保管という観点が加わる。

「保管の負担を引き受けてまで、とっておきたいかどうか」

保管のコストのみならずリスクも考えに入れないと。保管している間に湿気その他で質を損ねる危険性である。

着る気で持ってきた服だけれど、機会を逸しているうち、黴など生えてだめにしては惜しすぎる。それくらいならいい状態のうちに、リサイクルショップへ出そう。だめにしてからでは換金価値もなくなる。

引越し前に通ったリサイクルショップへ、またも足を運ぶことをはじめ、服の数はさらに減った。

片付けを提唱する人がよく言うのは、モノを減らすと、運気が回りはじめると。それがほんとうなのかどうかわからないが、服を減らしはじめたその頃から、状況は好転した。

ぐずついた天気を脱したのと、除湿剤のはたらきもあるだろう。どう頑張っても八〇パーセントを切らなかった寝室の湿度が、四〇パーセント台に。「ぞうさん」のネーミングに嘘《うそ》はなかった？

寝室の環境も改善した。ハンガーボックスを別の部屋へ移した。

それまでは瞼《まぶた》を閉じる直前までも、起きた直後も、目に入るのは段ボール。

「私の一日、段ボールに明けて段ボールに暮れるのね」

とあきらめていたところ、たまたま世間話にそれを言った相手が、

「段ボールに囲まれて寝るのはよくないよ。力持ちの若者をひとり連れていくから」

「そ、そんな、仮住まいへ来てもらうのは」

尻込みするのを押しきって来てくれて、結果的にそれが非常によかった。睡眠の質は格段によくなった。

ハンガーボックスそのものにも慣れてくる。ネイビーのラメ入りツイードジャケット、黒のビジュー付きカーディガンなど、私にしては力の入った方である服に、段ボールからじかに出して袖を通すことに、当初は何か気勢をそがれるものがあり、前日のうち部屋の別のところへ移していたのが、今はふつうに段ボールから取って着ている。

それでも服にとって、ハンガーボックスはやはり仮住まい。

仮住まいの家を気に入ってはいるものの、服のことを考えると、新装成った自宅に早く戻って、クローゼットに吊したい。

階段を使えば

自宅を工事するために、近くに仮住まいをはじめてからジムに行く回数が激減した。近くとはいえジムからは少々離れる。自宅とジムは徒歩十分。仮住まいとは約二十分。十分の差でこれほど足が遠のくとは。

自宅周辺が暗いことも大きい。前は明るい道を帰ってこられたので、夜でも出かけていたけれど、今は夕食後に時間ができても「まあ、止めておこう」となってしまう。週に少なくとも一、ときに二回通っていたのが、今は二週にいっぺんがやっとだ。

「このペースだと、確実に太るな」。

仮住まいの終了する三ヶ月後にどうなっているかおそろしいと思いつつ、「この期間はしょうがない」とあきらめていた。

一ヶ月ほど過ぎたある日、意を決してジムで体脂肪計に乗ってみた。それまで横目にしながら避けていたが、現実を直視しなければ。

算出された数値を、思わず二度見。筋肉量は微増で、体脂肪率はなんと減っている。

なぜ⁉

理由をしいて探すなら、階段の使用である。自宅は一階だが、仮住まいは五階。エレベーターはあるけれど、せっかちな私は待つ間がもどかしく「階段の方が早い！」と駆け下りてしまう。上るときも「駆け」こそしないが同様だ。

外出をしない日も、ごみを出したり玄関の集合ポストへ郵便物を取りにいったりするので、毎日上り下りしている。そのせいか。

数値が悪化していなかったことに安堵しつつも、胸中は少々複雑だ。ジムで歯をくいしばりトレーニングをしていた、あの努力は何だったのか。週に一、二回の大汗かいてのトレーニングより、日々の小さな運動の方がモノを言うのか。積み重ねってすごい……というか、こわい。

それとも今の数値は、一ヶ月前までのジム通いの効果が、時間差で出ているのであって、運動不足の影響はこれからじわじわ現れる？

仮住まいの期間が過ぎれば、再び階段のない生活に戻る。その後にどんな変化が起きるか。気になるところだ。

生活リズムの変化

生活リズムに変化が起きている。自宅工事のため、三ヶ月間の仮住まいへ転居してからである。今いるのは、国の機構が運営している、公園の中の団地の五階。

それまでは音に気をつかわずに暮らしてきた。自宅も集合住宅だが、一階で下に人はいないし、上は同世代の私と同じ単身者。生活リズムはなんとなくわかっている。両隣とはキッチンも風呂も接していないので、夜中に食洗機やシャワーを使うのが常だった。

引越した晩、風呂に湯を張ろうとして「待てよ、この時間に入っていいんだろうか」。五階から降りて、建物の外へいったん出、上下左右を眺めわたし、灯りの点き具合を確かめて、「やっぱり止めておいた方が無難か」。

上下には挨拶に行き、住人には会えなかったが、その家や途中の玄関周りに置いてある鉢植えや荷物カート、おもちゃの車などからして、高齢者と子育て所帯が多そうだ。建物入口の掲示板には、「夜九時以降の洗濯機や掃除機の使用は控えましょう」

との貼り紙が。

一日の最後にするのが習慣だった食洗機の使用は、朝いちばんに移すことにした。最初のうちはとまどうばかり。朝コーヒーをいれるべく、食洗機からカップを取り、「あー、洗っていなかったんだ」。仕事の帰りは遅いので、とるものもとりあえず風呂に入り、手足を伸ばす暇もなく、追われるように体を洗う。石鹸《せっけん》を流すにも、湯のはねる音をはばかり、そっと。自分の家なのに居候のようである。夕飯はいきおい、その後に。

食べてすぐは寝られないが、朝は皆さん、ごみ出しが早く、そうでなくても登校の小学生が建物の下を通るので、その声で目が覚める。睡眠不足に陥った。

が、しだいに新しいリズムがつかめてきた。全体を二〜三時間朝の方へ前倒しする感じだ。

転居後半月ほどして、昼間はじめて外へ出た。ふだんは不在か、家で仕事をしているか、どちらかなのだ。そこで目にした光景は「生命保険のコマーシャルみたい」。幼児からお年寄りまで、多様な年齢層の人たちが、ひとつの公園で思い思いにくつろいでいる。なんだかとっても健康的。

仮住まいの残りの期間、このリズムで過ごすのも悪くないと思えてきた。

開けない段ボール箱

「引越しで断捨離できた?」とよく聞かれる。私が自宅を工事のために空けて、仮住まい中であることを知る人たちからだ。

答は微妙。なったかどうか、まだわからない。

引越し前に、たしかにモノを減らしはした。わざわざ運んでいってまで持ち続けたいものかどうかという基準で、厳しめに選別、処分。残りのものを梱包して移ってきた。服に関しては引越し後もさらに減らしたことは、先述のとおり。

工事の終わる三ヶ月後にはまた引越しをするわけだから、段ボール箱は最小限しか開けていない。よく着る服と鞄、当面の食器、さしあたり仕事に使う本などだ。

他は段ボール箱に入れたまま、仮住まい先で荷物部屋とした一室に置いている。引越しのときの勢いで、奥へとどんどん詰め込んで、上にも積み重ねたから、中身は後から取り出せなくなった。段ボール箱の数すら把握できないが、大半は本と食器。鞄も結構あるはずだ。

それらなしで三ヶ月近く、結果として生活できている。ということは無用の品？　部屋ひとつ占拠しているあの段ボール箱が、すべて要らないものだったとは！　いや、本は要る。この三ヶ月近く、仕事の資料以外の、寝る前にちょっと読みたいといったタイプの本が欠乏し、かなりの飢餓状態にある。

靴はどうか？　外出のとき「この服装には、あのバッグがあればいいけれど、出していなかったな」と思うことはある。が、とりあえず用は足りている。

引越し前はどれもあるのが当たり前だったのに、三ヶ月ぶりに段ボールを開けたら「えーっ、こんなのあったんだ」と驚く品々が出てくるのだろうか。「なんでこんなの後生大事にとっておいたのか」と、われながら不思議な品々が。

戻ってから大量に処分することになるかと思うとおそろしい。

「開けるならまだいいわよ」。断捨離云々と訊ねた女性のひとりが言った。その人も引越しをし、とりあえずなくて支障のないものは、開けるのを後回しにするうち二十年。そういう段ボール箱が、押し入れに十はある。

「何が入っているのか、もう全然わからない。たぶん一生手をつけなそう」

そっちの方がおそろしいかも。

大人が知っておきたい季節のことば①

火

Q. 次の「火」のつく字を含むことばのうち、俳句の春の季語はどれでしょう？

①火事《かじ》　②野焼《のやき》　③夜焚《よたき》　④煤逃《すすにげ》

A. 正解は②野焼《のやき》。早春の野に火を放ち、枯れ草を焼き払うことです。人畜にとっての害虫を駆除し、これから生える草の生育を助けます。ごみを屋外で焼却することは、俳句の季語の野焼には含まれません。

①は冬の季語。③は舟の灯に集まる魚を捕る漁法で、夏の季語。④は煤掃《すすはき》、すなわち大掃除のじゃまにならぬよう別室へ移る、または手伝わず外出してしまうことで、冬の季語です。

日本の気候では、草原は放っておくと森林に変わっていきます。その最初の段階である低木の繁殖を、野焼は抑え、森林化をくい止めるのです。〈古き世の火の色うごく野焼かな　飯田蛇笏〉と詠まれたように、野焼は昔から日本人がとってきた、草原を維持する方法でした。

春を告げる風物詩として各地で見られますが、とりわけ阿蘇の野焼は、千年以上といわれる伝統と日本最大級の規模とで有名です。阿蘇の雄大な牧草地は、野焼によって守り継がれてきました。過疎化や高齢化で担い手が減り、一九九〇年代末からボランティアによる支援活動が行われています。

食用の植物

Q. 次の食用にする植物のうち俳句の春の季語はどれでしょうか？

①筍《たけのこ》　②蕗《ふき》　③独活《うど》　④茗荷の子《みょうがのこ》

A. 正解は③独活です。他はいずれも夏の季語。①の筍は春の味覚として親しんでいるので、意外ですね。②の蕗に関しては、花芽である蕗の薹《とう》なら、春の季語。

④の茗荷の子は、赤紫の苞《ほう》にくるまれた花穂で、一般に茗荷と呼ばれるものです。「独活の大木」という諺《ことわざ》もありますが、木ではなくウコギ科の多年草。〈昼月や山独活を掌に匂はしめ　石田波郷〉と詠まれたように、野生の独活は香り、アクともに強く、茎も緑色をしています。白い独活は、光を当てず軟化栽培したものです。

東京は独活の一大生産地で、江戸時代後期の文化年間に、栽培がはじまったといわれます。もともとの産地は「吉祥寺村」「上井草村」でした。しだいに北多摩に中心を移し、今は立川市で盛んに栽培されています。江戸東京野菜推進委員会とＪＡ東京中央会により江戸東京野菜と認定されています。軟化栽培がはじまったのは、戦後のことです。

最初から光に当てないのではありません。春に高冷地の畑に植え、晩秋に茎が霜枯れた後、休眠状態に入った根株を掘り出し、運んできて、地下の室《むろ》に植え替え育てるのが、現在とられている方法。たいへんな時間と手間がかかっているのです。

なくしてわかる習慣

自宅工事のため三ヶ月間転居したとき、新聞の購読は休んでいた。あまりに短期の契約のため、販売店に気がひけて。親の家でも常にとっていたので、新聞の配達されない日々は、ほぼはじめてだ。

経験してわかったこと。ごみ出しは楽である。資源ごみの朝、収集所へ向かいつつ、軽さに拍子抜けする。新聞が来ないと、こんなに少ないのか。

自宅にいた頃は、金曜が収集日で、前日の木曜はどこか緊張感があった。「今晩じゅうに束ねておかねば」。一週間分の朝夕刊を積んで紐をかけ二重に回し、締めてきつく結ぶことを、縦、横、二回。文字に書くとそれだけだが、若くない私である。仕事から遅く帰ったときは、疲れた体に鞭打って、という感じになる。サボりたい誘惑に負け、資源ごみの日を一回とばすと、翌週がたいへん。仮住まいの間は、二回とばそうが平気であった。

一方で、何か物足りない。頭の起動の仕方がつかめない、と言おうか。朝刊に目を通すことで徐々に回転数を上げていっていたのだなと思い知る。夕刊では、仕事の合間にギアチェンジ。習慣となっていたことを痛感した。

新聞はスマホでも読むことはできるが、私は紙派だ。スマホは、乱視ぎみでつらいのと、何といっても一覧性で、大きな紙面にかなわない。さっと左右に広げると、興味のないジャンルの話題も目に入る。熟読するかどうかは別として、少なくとも見出しから「世の中でこんなことが起きているらしい」とわかるのだ。端的に表れるのは週刊誌の広告である。自宅に戻って、芸能ニュースの後追い記事の見出しをそれらで読み「あら、あの人、そんな不祥事を起こしていたの」と浦島太郎の気分であった。いや、知ったからって、どうというわけではないのだが。

年をとるにつれ、束ねる作業はよりつらくなるだろうけど、行けるところまで紙で行くつもりだ。

もっと読まねば

私は今、心に固く誓っている。

本を読まねば。三ヶ月間あまりにも読むことが減った。

自宅のリフォーム工事のため仮住まいしていた三ヶ月間である。すぐまた引越すわけだから、荷物を解くのは最小限にとどめる。本は必要なものだけ取り出すか買うかして、それ以外は段ボール箱に詰めたままだった。

すると本棚に並べてあるときと違い、実際に読んでいる本がごまかしようなく把握できてしまう。あるとき数えて愕然とした。

その数を公表する勇気を、私は持たない。文筆家としての信用を失ってしまう。ときには新聞で書評もするが、注文がもう来なくなりそう。

この間の特殊事情がなくはない。リフォームは想像以上に自分で決めることが多いのだ。トイレやシステムキッチンといった大物はむろん、ドア一枚、タイル一枚に至るまで、メーカーのショールームに行って選定する。思わしいものがなければ、他にどんなメーカーがあるかをネットで調べて、また出かける。直近の出版物には疎いが、ショールーム情報には詳しくなった。

着工後は暇になるかと思いきや、各メーカーから見積書が来るので、仔細に目を通し、選定した商品に間違いがないかをチェック。

仕事以外の時間のほとんどをそれらにあてたため、読書タイムはおのずと限られ……ああ、でもそれは言い訳にすぎない。読む人はどんなに忙しくても読んでいる。読書家で知られる某女優さんは、年間三百冊読むと言っていた。心から尊敬する。

綿密なるプランニングのかいあって、造り付けた本棚に本はみごとに収まったが、頭の中はすかすかになったような危機感がある。これからはもっと読まなければ。

慣れない操作

スマホを買い替えた。まだ混乱の中にいる。前のスマホでふつうにしていたことの手順の違いに、いちいちとまどう。

ショートメールひとつについても、前のスマホの画面には「電話帳から選ぶ」「メッセージを書く」「送信する」と日本語の文章で指示が出て、それに従い操作すればよかった。今は入力の画面にも、なかなかたどり着けない。

買った店へ行って聞くと、「横の三本線のマークがメニューです。この紙飛行機みたいなマークが送信する、の印です」と係の男性。

それって、いつの間に決まったの？　丸に三本の波線が縦に入っていたら温泉です、みたいに、公共のマークとして定められているものなのか。それとも、スマホを使う人には、すでに常識？　前のスマホがシニア向けのものなので、特別に日本語で書かれていただけで。

係の男性は自分の母親くらいの女性に、「紙飛行機みたいな」と幼稚園児相手のよ

うな説明をしながら、

「このおばはん、何もわかっていないな」

と呆れていたのでは。私はそれ以上痛々しい人になりたくなく、

「すみません、手のかかる客で」

先手を打って、冗談めかし笑いつつ詫びるという、卑屈な態度に出てしまい、かえって傷口を広げるのであった。

手順というほどでもない、細かなところも微妙に異なる。メッセージを書いていて、間違えた字を削除するとき、これまでのスマホはカーソルの後ろの字が消えるが、今度のは前の字が消える。そのつどつっかえ、やり直し。

九〇歳で亡くなった父は、晩年家でテレビをつけていることが多く、リビングと寝室とに二台あったが、それぞれのリモコンを見て私は、

「これを使いこなすのは、親世代には無理だな」

と思った。CSやデジタル放送といった機能そのものが、比較的新しいことに加え、その画面を出すボタン（ボタンと呼ぶことからして思いきり旧式なのだろうが）の場所が、リモコンによって違うのだ。多機能になるのはいいが、

「せめてボタンの位置は、全社で統一してほしい」

と思ったものだ。案の定父は、慣れずに終わった。

その「親世代」のとまどいと同様のことが、スマホにおける私に起きている。取扱説明書（以下、取説《とりせつ》という）は付いていない。習熟したくても、努力の仕方がわからない。商品カタログ全般が、紙からデジタルへ移行しているのと同様、取説もデジタル化していて、スマホでわからないことがあったらスマホで検索せよということ？

困ったことがあったら、私はたぶんまた店に行くだろう。そして「世話になるばかりじゃ悪いわ」と菓子折を持っていくという、輪をかけて旧式な行動をしてしまいそうだ。

意外なネック

ドラッグストアで買い物すると、レジで試供品をくれることがある。スキンケアやヘアケア製品が、一回分ずつアルミの小袋に入ったもの。スキンケアならクレンジング、洗顔料、化粧水、クリームなど同シリーズのいくつかを、ビニール袋にひとセットにしてある。

家で顔を洗おうとして「そういえば、もらったのがあったな」。新発売とか言っていた。

ビニール袋の封を切り、そこで挫折。アルミの小袋に記された字が細かすぎて、薄すぎて。スキンケア製品を使うのは、眼鏡を外しているときだ。裸眼でもはっきりわかるよう「洗顔料」と大書してくれていればいいのに。

ヘアケア製品も同様だ。出張でビジネスホテルに泊まるときは、備え付けのリンスインシャンプーでは髪がきしむので、もらった品を試す絶好のチャンス。一回分ずつのはかさばらないし。が、荷物に入れようとして「この字では、いざシャワーを浴びはじめたら、どっちがトリートメントだかわからなくなるな」。止めて、家で使っているものを持っていくことに。

試したい気持ちはあっても、かくして使わず試供品は溜まっていく。無料配布だし役に立ちそうに思って受け取るが、そうして客に渡った後、どれだけ活用されていることか。

「小袋どころか、ふつうのボトルの字だって読めないよ」と同世代の女性は言う。デザイン優先なのか、ボトルの色と同系色の字を載せてあるので見づらいし、ボトルそのものも同シリーズの製品は色、形とも似せてあるため、判別しにくい。「シャンプーとトリートメントを間違えない」、その理由でもって、慣れたものを使い続ける方へつい傾くと。

新しいものへ移る上での意外なネック。老眼に悩む世代だけではないと思うが、どうだろう。

なぜにその色

買ってきた歯ブラシの封を切る。磨きはじめてすぐに落胆する。もったいないのでしばらく使うが、これもまた遠からず掃除用となるだろう。同様のものが三本目だ。

このところ歯ブラシを探している。店を覗いては試していない商品について、毛の植え方がどうのテーパーがどうのといった説明を熟読して購入するが、残念ながらそのつど使用感は期待を下回る。

理想の使用感の歯ブラシには、実はすでに出合っている。十数年前、当時通っていた歯科医にすすめられた。それはもう、毛先の細さといいしなり具合といい、すばらしかった。歯と歯や歯ぐきの隙間に入り込むこと、かゆいところに手が届くよう。当たりはあくまでやわらかいが、毛の芯に弾力があり、絶妙なはね返り具合で汚れをかき出す。それを使いはじめてからは、ホテルの歯ブラシなど、硬い面のように感じられ、すみずみまで磨けぬばかりか歯と歯ぐきを傷つけそうで、これほどに違うものかと驚いた。

「だったらどうして別のを探す必要があるの」と思われるだろう。その訳は、色である。洗面所の壁の模様に合わせ、前は青を使っていたが、リフォームで白のタイル貼りにしたので、立てておく歯ブラシも、白か透明のにしたい。ところが愛用の商品は、青、赤、緑、濃いピンクの四色しかないことがわかった。なぜにその色？　家族で間違えないよう、わかりやすくということか。でもいまや全世帯の三分の一が単身なのだ。

歯ブラシの色に関しては、作り手のみならず売り手も無頓着な印象である。ネットで白を買ってみようとしても「色は選べません」となっていることが結構多い。洗面所で目につくものだ。インテリア小物と同じくらい色に気をつかってもいいと思うのに。

使用感と色との両立問題。歯ブラシのみならず日用品では、よく頭を悩ませている。

どこに置いたか

出張帰りの新幹線の指定席車両で。チケットに記された席に来た私は、小さく唸《うな》った。反対側から来た六人が、よりによって私の後ろの列で止まり、座席を回し向かい合わせにして、缶ビールなど配りはじめる。東京駅に着くまでに読み終わらねばならぬ本のある今、この状況はかなりつらい。

他の空席が早いうちならまだあるかも。キャリーバッグを床に残し、バッグだけ持って車掌室へ立った。

幸い席を変えられて、移った先で、さあ、読もうとすると本がない！　バッグにも、キャリーバッグの外ポケットにも。まさかホテルに？

途中下車して引き返す可能性も思いつつ、全開のキャリーバッグをひっかき回していると「この本、お宅の？」と六人連れのひとり。元の座席の前ポケットにあったという。す、すみません。

恥ずかしながらこういうことが私は多い。どこに置いたかわからなくなり焦ることが。

省みると、だいじなものに限ってそうである。後で必要だからと、前もってとる行動が、かえって混乱を招くようだ。ホテルの朝食券なら「そのときになって探さないよう、あらかじめ他のサービス券と分けて、ドアのそばに置いておこう」。荷物を預けた引換券なら「受け取りの際もたつかないよう、バッグでなく服のポケットに入れておこう」。で、忘れる。

さきの本も「網棚にキャリーバッグを上げてから、また下ろすことのないように」と、ホームにいるうちに出し、手に持って乗ったのだろう。席に着いてすぐ前ポケットに入れ、次の瞬間はもう「早く、車掌さんに」で頭がいっぱいに。

変に先回りして考えず、その時その時のことをたんたんと。そう胸に言い聞かせた。

バッグを忘れた?

とある会館のロビーの低いテーブルで打合せをしていた。私は書類をテーブルに載せ、向かいの女性へ示している。座っているのは横長のソファ。古風な木の肘掛けとの間に、深い緑の植物柄の布地が張ってある。

彼女が書類を読む間、ソファの模様を眺めていて、はっと気づいた。バッグがない。自分の脇には、書類を入れてきたサブバッグのみ。バッグをどこかへ置き忘れてきた!

どこだろう、どこだろう。頭の中で、ここまでの経路を早回し。ひとつ前の打合せ場所? いや、それから電車に乗った。ICカードが要るから、そのときはまだ持っていたはず。改札を抜けてから、折りたたみ傘を出すため、券売機前の台のようになっているところにサブバッグとともに置いた。まさか、あそこに?

激しく落ち込む。この頃は信じがたいミスをするようになり、手にものを二つ以上持つときは危ないな、と思っていた。傘と買い物袋とか、郵便物と払込用紙とか。注意が分散されて、どちらかを忘れそう。

まさかバッグもとは。先日、車内で置き忘れた本とは違い、財布も携帯も入ったもの。命の次にだいじ……とまでは言わないが、それなしにはどうにもならない。本能的に握り締めていそうだが。

焦りで、ソファにじっと座っていられない気持ち。あの駅なら、有楽町の交番だ。クレジットカードも銀行のカードも入った財布。事は急ぐ。打合せが終わり次第、すぐ行こう。次の会議も、私には責任のあるものだけど、致し方ない、欠席だ。壁際に公衆電話があるのを、視界のはしに確かめる。

ほんとうは、この打合せも中座し交番へ走りたいけど、さすがに相手に悪すぎる。心ここにあらずなのを、なんとか踏みとどまって、最後まで話を終えてから、

「すみません、五千円貸してもらえますか」

と打合せ相手に切り出す。駅前の交番で済まず、あちこち探し回るかもしれないし、会議の欠席の連絡を公衆電話でするには、十円玉が要る。

「できれば小銭を混ぜて下さい」

相手は目を丸くした……。

そこで醒めた。なんと夢だったのだ。

あまりにリアル。ソファの布の模様や、ビロードふうの質感まで、ありありと瞼の裏に残っている。登場した女性も、まさに今仕事をともにしている人である。夢ながら、ストレスはかなりかかったようで、めずらしく胃が重くなっていた。

現実には、財布をなくしたことは一度しかない（威張っていいのか）。が、それに近いミスはこの頃多い。鍵を落としたとか、サブバッグをベンチに置き忘れ慌てて駆け戻ったとか。

ハンドバッグについては、夢の中で先取りしてよかったかも。恐怖体験が身にしみて、あれをもう二度と味わうまいと、これまで以上に注意するに違いない。

どうか正夢になりませんように。

袋に入れて、もうもたつかない

春になっても風の冷たいうちは、ストールやコートが必需品。屋内に入ってストールを外し、とりあえずバッグの中に入れる。

それが後々バッグから何か取り出す際、結構じゃまになるものだ。

コートの方も着ている間はいいけれど、脱いで持ち歩くには困る。腕に掛けて階段を上り下りしていると、いつの間かずり落ちてくるし、駅構内のトイレで手を洗いたいときなど、載せるところもなく、空いているからといって誰もいない個室のドア裏のフックにかけると、必ず忘れる。いったいどうしろと……。膝に挟んで手を洗っている人もいるほどだ。

そうした煩わしさを解消するのに役立つのが、袋である。私の毎日では、布の袋が大活躍。

大きさは、入れるものによりだいたい決まっている。ストールを入れるのは、A4の紙をひと回り小さくしたくらいの細長い袋。首に二重巻きするような長いストールも、半分に折りさらに三つ折りして押し込むと、いい感じに筒型になる。ストールをじかにバッグに入れると、ICカードケースの紐にからむなどして始末に悪いが、袋に収めればバッグの中はすっきり、出し入れ楽々。それだけで実に気分のいいものだ。

はおりものも、よく持ち歩く。カーディガンは夏でも、いや夏こそ、冷房対策として必需品。それもまた袋に入れた上で、バッグの中へ。その方が、ずっとかさばらない。薄手のカーディガンなら、たためばノートくらいの小ささになる。冬用の少々厚手のだって、A4サイズの袋に収まる。

「衣類ってこんなにコンパクトになるんだ」

と驚くほどだ。

たたんで袋詰めするなんてしわになりそうと思う人もいるだろう。

「袋なんて使わなくても、バッグのいちばん上に載せて、バッグの持ち手で軽く挟めばいいんじゃない？　その方がスマートよ」

と。私はそれで何回も、だいじなストールやカーディガンをなくしてきた。いちばん上に載せると、当然ながら落としやすい。

それに「軽く」挟んだつもりでもいつの間にか締め付けて、潰れたり捩《ねじ》れたりしていることもよくある。ぐちゃぐちゃに丸めたみたいな無秩序なしわがつくよりは、たたんだ折り目のある方がまだ、身に着けたときの印象はいいのでは。

袋に入れれば、衣類を守ることにもなる。手帳にさしてあったボールペンが外れインクで汚してしまうとか、バッグの内ポケットのファスナーに引っかけかぎ裂きを作ってしまうとか。そうしたことを避けられる。

大活躍の袋だが、わざわざ買ったものではない。たまたまあったものの再利用だ。

近頃は資源節約の取り組みなのか、店で買い物をすると、紙袋ではなく布の袋に入れて渡されることがしばしばある。紙袋だと捨てられやすく、店名の広告効果が低いのだろうか。

生地は薄い木綿である。大きいものはエコバッグにし、小さいものは特に使い道のないまま、捨てるのはもったいなくて、なんとなくしまってあった。

ストールがバッグの中でごちゃつくのが気になり、溜めてあった小さな袋に試しに入れたら、具合がいい。ストール以外のものも袋で持ち運ぶことにし、カーディガンならこの袋、夏の帽子ならこの袋と定まってきた。

四十代の半ばあたりから、私は少々めげていた。外出時の荷物の多さに。山に行くわけでもない、街にふつうに出かけるだけなのに、

「なんでこんなに持ち物が多いの？」

ちょっと寒いと、首に巻かずにいられない。ちょっとエアコンがきついと、はおらずにいられない。暑さ寒さを調節するものがこれほど必要になるなんて。適応力が落ちている。

バッグから老眼鏡を出すのに、カーディガンがじゃまでもたつき、お財布を出すのにストールまでついて出てきてしまって、またもたつき。手際は悪くない人のつもりだったのにと、情けない思いをすることが増えていた。

それが袋さえあれば、ちょっとした動作がスムーズに行く。見た目にも、バッグの中がすっきりしている。快適であると同時に、自信にもつながるのだ。

コートの例をはじめの方に出した。脱ぐと始末に悪いとわかっていても、乗り物では暑くて脱がずにいられない。更年期の症状だろうか。

それにも袋。この袋はもらいものでなく、旅行用のサブバッグとして買ったものを使っている。四角い縁取りがあり、中身を入れると箱型になるナイロンバッグだ。

ダウンコートはたたんでも、生地が滑ってすぐ崩れる。電車の網棚でも、いつの間にかべたっと広がり、場所を取る。膝の上に載せても、押さえていなければならず……。この袋に入れれば四角い箱型に収まって据わりがいいのだ。この方法は受けがよく、移動をともにしたいろいろな人から、「ああ、そうして持ち歩けばじゃまにならないんだ」と言われる。困っている人は多いのだ。

袋に入れればトイレでも、脱いだコートがじゃまにならない。個室の内側のフックにバッグの持ち手をかければ、ずり落ちる心配なし。手を洗うときは持ち手を肩にかけて、背中の方へ回してしまえばだいじょうぶ。ナイロンバッグは薄くて軽く、コートを着ている間は、バッグの中にしまっておける。

外出を快適に、もたもたしないで済むようはじめた袋使い。今では家の中にも及んでいる。

例えば髪を乾かすドライヤー。コードをまとめて袋に入れる。ドライヤーは洗面台下の引き出しに、ブラシ類といっしょにしまっているが、コードがブラシにからまることなく、引き出しの開け閉めにもじゃまにならない。コードをきつく束ねて巻く方法も、ホテルなどでは見かけるが、あれはコードによくないと聞く。袋にさっと入れる方がコードを傷めにくく、面倒もない。

生活の質の改善は、身の回りの細かなところからである。

無理なく、ひとり旅

若い頃は旅といえばひとり旅だった。それもなるべく人の行かない不便なところを訪ねるのが、かっこいいように思っていた。

今の私からすれば信じられない。年を重ねて、体力的にきついことはしなくなったのと、何よりも変に意気がることがなくなったのだろう。

今も国内ならたまにひとり旅をするけれど、行く先はとにかく、女性がひとりでいて違和感のないところ。その条件をかなえるのは、ほどよく都会で、観光名所もそばにある町になる。仙台はそうした町のひとつで、公共交通機関も整備されていて、旅しやすい。二泊三日あれば松島へも余裕で足を延ばすことができる。

一日目は「仙台国際ホテル」を拠点に、シティライフ、ホテルライフを楽しむ。国内外の手仕事の品を扱う「せんだーど　光原社《こうげんしゃ》」で、丁寧に作られた雑貨にふれたり、ホテル隣接のフィットネスで泳いだり。心と体をほぐして、ゆったりと過ごす。

翌日は日本一の朝食だと私が思う、このホテルのブッフェを満喫後、歩いていける朝市で海産物を購入。

この朝市には、東日本大震災があった年の七夕にも来ている。朝市に出店している人は津波被害を受けた沿岸部と縁が深いためだろうか、ここの七夕飾りは黒と白の紙のみで作られていた。喪の色をした飾りが風に吹かれるさまは、幾度か訪ねた仙台の七夕の中でもとりわけ忘れ難い。買い物にはささやかながら、復興への祈りと応援の気持ちを込めた。

仙石線《せんせき》で松島へ。芭蕉がみちのくへの旅を思い立ったきっかけという松島は、近年俳句に親しむようになった私には訪ねてみたい場所だった。

平安時代から歌枕の地として、遠く都にもその名を知られていた。紺碧の海に緑の島々が浮かぶ松島湾は、溜息の出る美しさだ。遊覧船で回れば、海鳥がついてくる。

東日本大震災では津波がここへも到達したそうだが、日本三景のひとつと称えられた風景は健在だ。湾に面した国宝瑞巌寺《ずいがんじ》は、禅宗の名刹。境内に高くそびえる杉並木に心洗われ、長いこと佇《たたず》んでいた。

コースも時間配分も思いのまま。人といっしょの旅もそれはそれで楽しいだろうけれど、相手の気持ちを忖度しがち。相手のペースについつい合わせ早めに切り上げてしまったり、焦って疲れてしまったり。自分なりのテーマに従い、心や体に無理なく回れるのは、ひとりならではだ。旅しやすいところを選んで、これからもときどき出かけよう。

古民家と海の町

尾道にひとり旅をした。こぢんまりした町だから、無理せず歩き回れそう。それでいて女性ひとりで散策しても、場違いではなさそうで。言うまでもなく大林《おおばやし》宣彦《のぶひこ》監督の数々の映画の舞台となった町。『転校生』と『さびしんぼう』を繰り返し見た私には、その世界への憧れもある。

新幹線を福山で降り、在来線に乗り継ぐ。列車では、本を膝の上に載せておく。「読むものもありますので、どうぞ私にお構いなく」の意思表示になるのではと。ひとり旅の知恵としておすすめしたい。本からふと目を上げれば、向かいの島の造船所のクレーンがすぐそばに。川のように狭い海なのだ。

到着はお昼どき。名物の尾道焼きを食べに老舗「いわべえ」の暖簾《のれん》をくぐる。カウンターのほぼ全面が鉄板。限りなく薄く延ばした生地に、千切りキャベツが惜しげなく盛り上げられる。蒸し焼きされたキャベツのとろみ、甘辛酸っぱいソースの焦げた香ばしさ。

腹ごしらえを済ませたら、観光客の常道、ロープウェーで千光寺《せんこうじ》へ登る。朱塗りの本堂を拝んで振り向くと、海までの間の斜面に瓦屋根の家々がぎっしりと。重要文化財級のお屋敷より、少し昔によくあったふつうの家の好きな私には、たまらない。

温暖で風光明媚なこの町には、昔からたくさんの作家が逗留《とうりゅう》した。志賀直哉の旧居は、高台の三軒長屋。部屋に寝そべっていても造船所の鎚音《つちおと》が聞こえたという。

空襲に遭わなかった尾道には、山の手を中心に古い民家がよく残り、喫茶店「帆雨《はんう》亭《てい》」もそのひとつ。女性店主のおじいさんの部屋だったという和室にて、庭のブルーベリーで作ったケーキとコーヒーで一服。わが家にはない畳がうれしい。

古民家に大林映画の資料を展示した「尾道アート館」なるものもあるそうで、行ってみる。地図を読める女のつもりの私が、ここで迷った。整備された石畳の坂の途中を「この辺のはず」と曲がると、「も、もしかして人の家の裏なのでは」とたじろぐような小径に入っている。洗濯機が外に出してあったり、ざるに野菜が干してあったり、ゴム長靴が脱いであったりと生活感がいっぱい。古かわいい家マニアの私は満足だ。少しくらい迷うのは楽しいもの。旅にあってはしばしば、失敗が成功のもととなる。

何度も曲がってたどり着いたのは、土壁をむき出しの配管がつたう家。聞き覚えのある少女の声がする。無人の棟のスクリーンに『転校生』の一シーンが映っていた。

人が住まなくなり崩れかけていた家を修復し、ミニシアターと資料館にした。坂と石段の町はお年寄りにはたいへんで、空き家が少なくないけれど、再生して使う取り組みも行われているようだ。

夕方、海沿いの遊歩道を散策。渡し場には島への船がひっきりなしに着き、学校帰りや仕事帰りの自転車が次々と乗り込んでいく。

商いの支度をしていた居酒屋の人に声をかけられた。堤防の内側に絵が飾ってあるから行ってみればと。なんと親切。呼び込みではと身構えた自分のせせこましさが恥ずかしい。

堤防の外側では制服の少年少女が二人、波の寄せるコンクリートに座って話し込んでいる。街灯が点り、日暮れが迫る。何隻の船を見送ったら、今日のさよならを言えるのだろう。明日またすぐに会えるのに。目と鼻の先の距離でも、間を海で隔てられ、向こう岸とこちら岸とに別れるのだ。二人と二人の胸の内を想像する私をも、感傷的にする。

列車の中で読んだ本に、こんなふうにあった。センチメントはありきたりなものであっても、渇いて縮こまっていた心を潤し、生きる力になるのだと。旅にも映画にも同じことが言えそうだ。

晩ごはんは海に面した「潮待ち茶屋　花あかり」で。オコゼの唐揚げやめずらしい生のシャコなど瀬戸内らしい魚介を、おかみさんに選んでもらう。おかみさんが目配りをしている店は、女性ひとり客にも居心地がいい。

旅の二日目は、窓からの朝日と、動きはじめた港の気配で目が覚める。尾道水道を一望できる「千光寺山荘」。開放的な眺めの宿は、ひとり旅を明るいものにしてくれる。

この日は渡船で向島へ。切符も出港の合図もなし。甲板は車道と歩道に分けられて、道の続きのような船。それでも海風に吹かれれば、たった三分ではあるけれど、船旅気分を味わえる。

尾道側から見るとクレーンの多い島だが、来てみればここにもレトロな家並みが。塀に牛乳受けのある家、黒いタイル貼りの床屋さん、ビニールの庇《ひさし》が色褪せた商店。古民家萌えの私は、またまた大興奮。最たるものが「後藤鉱泉所」。昭和五年の創業といい、当時の製法でラムネやサイダーを作っている。回収して使う少し傷のあるガラス瓶、「ヤポネソーダー」と書かれた木箱に痺《しび》れた。

船で戻り「ゆーゆー」の尾道カレーでお昼。とことん炒めた玉ねぎの香りが、これまた昔懐かしい。建物は明治末期築の銭湯。玉ねぎ同様飴《あめ》色をした脱衣ロッカーの扉や、化粧水の広告の字が右から左に並ぶ鏡が、お風呂屋さんの頃をしのばせる。セメント造りとおぼしきアーチ型の玄関は、当時はさぞやハイカラだっただろう。近代のこの町の繁栄と先進性を思わせる。

昭和な雰囲気漂うアーケード街、尾道本通りでお土産を探す。奥で何やら女性たちがミシンを踏んでいる店が。「工房尾道帆布」。

尾道水道を帆船が盛んに往き来した頃、尾道には帆布工場がたくさんあった。汽船に替わり綿も化学繊維におされて、今は向島の一工場だけに。なんとか絶やすまい、後世に伝えたいと、尾道の女性たちが帆布でバッグを作ることを考えたという。志に共感し、私もひとつ注文した。ガイドブックや地図、はおりものまで入る、旅用のトートバッグだ。

ひと月かひと月半で仕上がるとのことで、とても楽しみだ。新しい鞄を提げて、さあ、次はどこへ行こう。

船に乗って島へ

　桟橋を離れたフェリーは、速力を上げて島々の間を進んでゆく。朝八時に高松港を出て、小豆島まで一時間の船旅だ。デッキへ出ると、白い波が尾を引き、海鳥が上下しながらついてくる。島旅の気分、満点だ。

　土庄港《とのしょうこう》に入ると、潮風にごま油の香りが混じる。桟橋近くに、ごま油の大きな工場が見える。着いたらまずは、島めぐりの観光バスに乗った。小さな豆という名前だけど、周囲一二六キロと、瀬戸内海では淡路島に次いで大きい島。ひとり旅で来て運転免許も持たない私には、見どころを効率よく回り、島の全体像をつかむことができて絶好だ。

　この島、海から見たとき「意外と高い」という印象だったが、ツアーバスで行く道もすぐに山がちに。もっとも高いところで海抜八一六メートルあるそうだ。つづら折の坂の途中で、眼下に千枚田がひらけた。その辺りには農村歌舞伎も残っていると聞いた。人の住んできた歴史の長さと、文化の蓄積を感じる。

同時にダイナミックな自然と生物の多様性に富んだ島であることも、私は知った。ツアーバスで訪ねた最初のスポット、銚子渓《ちょうしけい》には五百頭もの野生のニホンザル群がいた。香川県指定の天然記念物だ。続く寒霞渓《かんかけい》は奇岩怪石の連なる絶壁。千三百万年前からの火山活動でできた地形である。世界でここだけの固有植物や稀少な陸貝も棲息しているそうだ。

このすがたを私たちが愛でることができるまでには、島の人々のたいへんな尽力があったらしい。明治の昔、この景色を目にとめた外国人に一帯が売られそうになったとき、お金を出し合って阻止したという。さらに新聞記者や文化人を招いて、名勝としての価値を世に知らしめ、そのかいあって昭和九年日本初の国立公園に組み込まれ、無事保全された。今でいうメディア戦略である。

島には四国のお遍路さんとは別の、八八ヶ所の札所がある。千有余年の昔、讃岐を生国とする弘法大師が京への行き来にしばしば立ち寄り、その心を受け継いだ島の僧侶たちが、祈念の場を整えた。絶壁にへばりつくような山岳霊場も多く、佛ヶ滝《ほとけがたき》の洞窟にその佇まいを偲ぶことができる。

私が小豆島を知ったのは、他ならぬ『二十四の瞳』によってだ。児童文学の名作で、作者の壺井栄は島の醬油樽職人の娘と聞いた。醬油蔵の黒ずんだ板塀の並ぶ通称

「醤《ひしお》の郷《さと》」を抜けて、「二十四の瞳映画村」へ。三十年前の再映画化のセットに加え、昭和の映画館を再現したイベントスペースなどが建つ。

物語に「岬の分教場」として登場する小学校が、映画村から徒歩十分もかからぬところに残っていると聞き、足を延ばした。

瓦葺平屋の校舎に「苗羽《のうま》小学校田浦《たのうら》分校」とある。すり減って節の浮き出た板張りの廊下を進むと、二学年がいっしょの教室が並んでいる。二人掛けの木の机は、コンパスで線を引くにもつっかかえそうな穴ぼこだらけ。昔、こういう穴に消しゴムのかすを溜めたっけ。四角い椅子の低いこと。黒板にはかすれたチョークの文字。「しょうわ四十六年三月二十四日　分校とおわかれの日が来ました」。この日をもって閉校したのだ。

昭和四六年の小学生といえば、私と同世代。この小さな分校から巣立っていった彼らは、バブル、平成不況を経て、どんな人生をたどったのか。鬼籍に入った人もいるかもしれない。大人としての感傷にしばしふけった。

物語の主人公である女先生が、自転車で通った分教場までの道も、今は渡船が両岸をつなぎ、桟橋が対岸の「道の駅小豆島オリーブ公園」から見下ろせる。銀白色に輝くオリーブの葉と、凪《な》いだ海、岬の向こうに重なる島影は、この島ならではの眺めだろう。小さな島の中には、干潮のときだけ歩いて行けるものもある。一日に二回現れる「エンジェルロード」と呼ばれる道を、近くの小豆島国際ホテルに宿をとって、夕方と朝、渡ってみた。

二日目は自分の足で回ってみよう。古い町並み好きの私は、西光寺《さいこうじ》周辺の通称「迷路のまち」へ。トタンの壁とブロック塀との間の「こ、こんな細い道、入っていいの？」とためらわれるほどの狭い路地を通っていくと、突然、元の道に出たりする。起源はなんと南北朝時代。戦乱や海賊の難を避けるため、あえて複雑な造りにしたとのこと。角々で、古い消火栓、猫、漁師さんが使うブイとバケツをペイントしたアートなお地蔵さんにも遭遇する。

軒に北欧カラーの暖簾の下がった一角があった。「セトノウチ」というスペースで、かつての庄屋さんの家を改装し、特産品をセレクトした土産物屋さんや、地元の有機野菜や棚田米を使ったごはん処にしてある。古い町並みのただ中に設けられた、新しい発信基地。一日目に訪ねた映画村にも共通する、島の人たちの動きと活力を感じた。

活力の底には、島への愛とモノづくりの気概がある。お昼に入ったそうめん店「銀四郎」店では、四百年余の伝統を持つ手延べ製法を守っていた。もともと農家が作物のとれない冬に作っていたそうだ。手延べそうめんといえば、細い竿《さお》のようなものに架けて干してあるさまを思い描くが、そのときくっつかないよう表面にごま油を塗り、さらに箸《はし》で分ける。ごま油の工場がこの島にあるのは、そうめん作りに欠かせないものだからだろう。

島の食卓に欠かせないのが、オリーブオイル。オリーブオイル作りを体験できる「小豆島オリーブ園」では、一九一九年に栽培をはじめた。当時イワシの漁獲高が増え、油漬け加工に必要なオリーブオイルの生産をめざし、国が試験的に作らせた中、この島に植えた苗木だけが根づくことができたという。

害虫や、オリーブの原産国にはない台風から守り続け、もっとも古い木で樹齢百年。今も元気で、収穫期には重みで枝が垂れ下がるほど実をつける。人生も五十年を過ぎた私には、とても頼もしく、自分もそうありたいと思える。

オリーブオイルと並んで生産が盛んなのが醬油である。もともと塩田が多かったが、他所でも塩はできるため、海運により小麦や大豆が手に入りやすい地の利を活かし、醬油作りに転じた。

「ヤマロク醬油」は今も木桶で作っている。蔵には人の背丈以上ある桶が並び、苔《こけ》ほどの厚みのある菌類にびっしりと被われていた。発酵に必要な微生物は、木桶には多く棲むことができる。醸造用の木桶を作る人が絶えそうだと聞き、この店の五代目主人は、なんと大阪の職人に弟子入りし、修業してきた。百五十年くらい使う木桶。自分の代は今あるものでいいけれど、孫子の代に残したい、ほんものの発酵調味料を受け継ぎたいと。

出港の時間が、島旅の終わりだ。人々の話に心動かされた私は、島を去る前にどうしても見たいものがあり、頑張って出かけていった。「小豆島ヘルシーランド」の樹齢千年のオリーブの木だ。六年前の奇しくもこの日、スペインから移植されたもので、船で運ばれてきたときは、幹だけに近い姿だった。悲観的な予想に反して、みごとに根づき、今では銀白色の葉がいっぱいに茂り、瀬戸内の潮風にそよいでいる。

この島で苗木から育った樹齢百年のオリーブも、千年の大樹となるように。旅の最後にそう祈った。

大人が知っておきたい季節のことば②

甘

Q. 次の「甘」のつくことばのうち、俳句の夏の季語はどれでしょうか?

①甘夏《あまなつ》　②甘干《あまぼし》　③甘酒《あまざけ》　④甘茶《あまちゃ》

A. 正解は③甘酒です。軟らかく炊いた飯か粥に米糀《こめこうじ》を加え、ひと晩ほど発酵させて作ります。江戸時代、釜を据えた箱を天秤棒にかけて売り歩くのが、夏の風物詩となっていました。

①は夏みかんで、春の季語とされてきています。②は干し柿のことで秋の季語。④は花祭のとき誕生仏にかけるもので、春の季語。

〈あまざけや舌やかれける君が顔〉という句が江戸中期の俳人、嘯山《しょうざん》にあるとおり、夏でも熱々のものを飲んでいたようです。

成分は、今の病院で用いる栄養点滴とほぼ同じ。庶民の夏バテを防ぐ、栄養ドリンクだったといえるでしょう。酒という名がつきながら、アルコール分はほとんどありません。

現代では寒い季節に飲むのが一般的な甘酒。初詣に行き、紙コップの甘酒で体を温めた記憶のあるかたも多いのでは。

東京の神田明神の鳥居脇では、江戸時代から続く老舗が人目を引きます。弘化三（一八四六）年の創業業当時からある地下六メートルの天然の室で、米糀から作り、砂糖や酒粕を加えない伝統的な製法を守っているそうです。夏季には冷やし甘酒や氷甘酒も売られています。

時間

Q. 次の一日の時間帯がつくことばのうち、俳句の夏の季語はどれでしょうか？

①朝寝《あさね》　②昼寝《ひるね》　③夕化粧《ゆうげしょう》　④夜食《やしょく》

A. 正解は②昼寝です。①朝寝は「春眠暁を覚えず」で春、④夜食は「秋の夜長」で秋と考えるとわかりやすいですね。③夕化粧は、俳句の季語ではオシロイバナをさし、これも秋。

夏は暑さで体力を消耗し、夜も寝苦しい季節です。昼寝で疲れをとり睡眠不足を補おうとするのは、自然なことでしょう。

〈三尺寝大きな山を引きよせて　黛執《まゆずみしゅう》〉。三尺寝は職人さんが仕事場でとる昼寝。三尺（約九〇センチ）ほどの狭い空間で寝るからとする説と、日陰が三尺移動するだけの短い時間の眠りだからとする説があります。

事務職では寝る場所をなかなか得られないのが現状ですが、厚生労働省の「健康づくりのための睡眠指針二〇一四」では働く世代に向けて、昼寝のすすめというべきものが示されました。三〇分以内の昼寝は作業能率の改善に効果的であると。それを受けて、昼寝を推奨する企業も出てきているようです。

スマホのない一日

スマホのない二四時間を体験した。壊れてから、翌日夕方に外出から帰った後、自宅近くの代理店へ修理に持ち込み、代替機を借り受けるまで。二四時間スマホなしで過ごし、日頃の自分の使用状況がよくわかった。

ゲームも音楽の再生もしない私は、スマホへの依存度は低いと思っていたが、どうしてどうして。不便なこと。

外出中の電話については、スマホに限らず携帯が壊れても同じだろうが、電話ボックスというものに、たぶん一五年以上ぶりに入った。かける先は携帯電話なので、十円玉の落ちる速さに驚く。相手は相手で、私がいつに似ず早口なのに驚いただろう。

ＰＣメールの処理。これがスマホにした最大の目的なのだが、外出中にできないと、いかに溜まってしまうことか。代替機を借り受け、夕方ようやく開いたら、未処理のメールが膨大に表示された。

逆に、昼間地下鉄で移動しているときは手持ちぶさた。日頃はメール処理だけでなく、息抜きに趣味のサイトなどを結構見ていたと知る。これは反省点。本を読むか、目を休めるかしないと。

　意外に困ったのが目覚まし時計。スマホのアラーム機能を使っていたが、昔の携帯をそのためだけに引っ張り出して、これに代えた。

　なくても割と平気だったのは、場所の検索。私は立っている方角と同じ向きに地図を揃えたいので、画面が勝手に回ってしまうスマホの地図は、日頃からあまり頼りにしていないのだ。乗り継ぎ検索も、まあ、なくて済む。スマホ前史として、路線図と睨《にら》めっこしていた時代のある私は、スマホに指示されずとも、なんとかたどり着ける。

　この二四時間、飛行機での出張はなかったが、航空券をスマホに入れていたらと思うと、ぞっとする。何ごともバックアップは必要だと、改めて思ったのだった。

通信会社を変える

インターネットの通信会社を変えることにした。スマホの修理のため代理店に行ったところ、自宅のパソコンの通信も同じ会社にする方が料金を下げられる、変更のための費用はかからない、とすすめられたのだ。変更には室内工事が必要という。

はじめ私は慎重だった。少し前に行った自宅リフォームでは、室内の配線も一新しており、それは契約中の通信会社が前提のはず。使用開始にあたっては念のため、契約中の通信会社に接続の確認に来てもらっている。通信会社を変えても不都合はないはずと、代理店は言うけれど、「てっきりこうなるものと思っていた」のと違う事態が、往々にして出来するのが通信関係だ。わけても今回はリフォーム直後。そこへまた「工事」をしては、さきの工事と齟齬《そご》の生ずる不安もある。

工事の人が当日状況を確認して、不都合があるようだったらその場でキャンセルしていい、キャンセル料もかからないとまで言われて、やっと決断した。

当日。来たのは契約中の会社でも新規に申し込んだ会社でもなくＮＴＴの人で、そこからして驚きだった。私の旧式の頭では予期せぬことが、やっぱり起こる。

作業のじゃまにならぬよう「別の部屋にいますので、接続の確認だけいっしょにさせて下さい」と言うと「ウチは電話回線だけですから。インターネットの接続はお客様の方でしていただきます」。「……」。絶句した。そういう話だったっけ？　申込時の書類を必死になってめくり返す。インターネットの接続工事ではないの？

壁に向かって作業している背中へ、「パソコンへは、そこから壁の中をつたって線がつながっているそうなんですけど」。おずおずと訊ねると、「有線なら設定は要りません。無線の場合のみ、接続設定が要ります」。

脱力した。それを早く言ってほしい。というか最初のひとことが不正確では。電話回線「だけ」でなくインターネット回線といっしょで……すよね？　そもそも室内「工事」なる呼び方が、いたずらに人を不安にさせるような。

作業終了。接続も無事できていたが、そこに至るまでの気疲れで、もう一生変更したくないと思った。まさかそれが通信会社の狙いではないだろうけれど。

ああ、パスワード

パソコンの受信トレイを開くと、いつものごとく大量のメール。返信を要さないものを次々と削除していて、ふと思う。なんか私、ショップからの案内メールばかり処理していない？「月間優良ショップに選ばれました！」「ご注文が止まりません！」など反応のしようのないメールを、来る日も来る日もかなりの件数消すことに追われている。

迷惑メールは排除できているので、いちどは何かを購入したショップなのだろう。メルマガを申し込んだおぼえはないけれど、注文を急いでいて「選択を解除」するのを忘れたか。あるいは、店頭でサイズ切れの品がサイトにはあり、しかもたまたま先行セールで安く買えるなどして「これは便利。次回からいち早く情報を受け取ろう」とそのときは考えたのかもしれない。そうしたメールが、塵も積もれば、なのである。

ふだんは惰性で上から順に×印をクリックするが、ときに事態の打開を決意する。この手間だって毎日ならばそれこそ塵積《ちりつも》、こんなことに時間をとられるのは非効率的すぎる。

配信を停止しよう。「配信の停止・登録の解除」はメールの最後の方に、しかもみつけにくい小さな字で書かれているが、たどり着いてクリック。サイトに行くまで、これまた辛抱。

そこでパスワードを求められるといっきに士気が衰える。パスワードの条件は、何文字以上とか数字も交ぜよとか、サイトごとに違うし、近頃はセキュリティ上しょっちゅう変更を促される。このサイトでは、どうしていたか。おぼろげな記憶で三つほど試し、それでもだめだと挫折する。そのつど何も考えず×をクリックする方が楽、と。

どこかのサイトでは、ただ「配信を停止する」をクリックするのみで済んだ。好感度が上がったことは言うまでもない。

怪しいメール

パソコンに場違いな英語のメールがときどき届く。件名は「あなたの注文」「配送」「請求書」「領収書」などとなっている。

私の行動範囲はきわめてドメスティック。業務は日本語の文章を作成し、日本の会社に送ることで、取引先も仕事以外の人間関係も一〇〇パーセント国内だ。英語が不得手なので、海外のホテルを予約するとか、海外の店からものを買うといったこともない。

そんな私に英語のメールが来るはずはなく、怪しいとひと目でわかる。この種のメールはへたに開くと、ウイルスへの感染やフィッシング詐欺の被害に遭うと聞く。触らぬ神に祟《たた》りなしとばかり、「迷惑メール」を即クリック。読まずに「受信拒否リスト」に入れていく。

迷惑メールのフィルターはもとより「高」の設定だ。にもかかわらず似たようなメールが送信者の名を変えドメインを変え、やって来る。

先日、いつものごとく機械的に「受信拒否リスト」に放り込んでいて、ふと手が止まった。件名は英語で「あなたの注文」だが、送信者名が私のよく利用するショッピングサイトだ。最近何か注文したっけ？　日本語の注文しかしたことはないけれど、出品者が海外の品があったのかしら。

開きかけて、はっとする。よくよく見れば、サイト名のアルファベットが一文字違う。ｍがｎになっている。

油断も隙もありはしない。家を出ず固く戸締まりしていても、怪しい人がセンサーをすり抜け侵入してくるのと同じようなもの。

英語とあればまず疑う私でも、危うく開くところであった。日頃から英語のメールをふつうにやりとりしている人は、警戒レベルがもっと低いか、それとも不自然さに、より敏感に気づけるようになるのだろうか。

取説はだいじ

半年前スマホを買い替えたとき驚いたのは、取説が付いてこないことだった。前のスマホはシニア向けだったせいだろうか、新書一冊ほどある取説が、商品の箱の中に入っていた。

取説がないと、とても不便だ。前のスマホでは「送信する」と文字で画面に示されたのが、今度の機種は意味不明の記号ばかり。「送信する」にはどこをどうするか、取説で調べたいのに、ここまでペーパーレス化されているとは。

が、分厚い取説は無駄とする考え方も、わからなくはない。

自宅でひとりで仕事をしている私は、取説は読む方である。問題が起きても、誰かに聞くことができないので、取説の該当ページに記されている手順に従い、自分で解決しようとする。

先日はパソコンのプリンターのインクが切れた。大容量のカートリッジなので、交換は数ヶ月ぶりだ。「えっと、どうするのだったかな」。確認すべく取説をめくって、はたと手を止める。「コピー」という文字があったような。逆方向へめくり返して「えーっ、コピーもできるの⁉」。

このプリンターを何年使ってきたか。震災前からあるのはたしかなので、少なくとも六年以上。「プリンター」として買ったので、コピーができるとはゆめにも思わず、この間、コピーをとるときは、わざわざコンビニまで行っていた。確定申告の期限が迫ると、写しの要る書類を抱え、雨の中風の中コンビニへ通うことを毎年。近くのコンビニがつぶれ、三〇〇メートル遠くなってしまったこともある。最近では取引先ごとにマイナンバーカードの写しの提出を求められるので、何十回往復したことか。もっと早く知っていれば。

つくづく感じた。取説はほんの一部しか見ていないのだ。次に買う商品に取説が付いてきたら、せめて目次は通読しよう。

よけいなお世話

駅ビルやデパートのトイレで、手を洗う水栓のひとつが出しっぱなしになっている。誰もいなくて、水だけが棒のように落ち続ける。そういう光景に私はしょっちゅう出くわすのだ。

そのたびに眉をひそめて、栓をひねる。何の因果で、人の尻拭いのようなことばかり。ここを使った人の家の水栓は、自動的に止まるのだろう。その人だってかつては自分で止めていただろうに、何の疑問も抱かず立ち去るようになるとは、慣れってこわい。

そんな私だから、ホテルのトイレで、個室に入るや、ひとりでに上がる便座の蓋と最初に遭遇したときは、反発すらおぼえた。腰かける前に、鞄をフックにかけるとか、傘を脇にたてかけるとか、こちらにもいろいろ段取りがある。開けてくれるのがありがたくなることもあるだろうけれど、今の私には言葉は悪いがよけいなお世話。急《せ》かさなくても自分が用を足すトイレの蓋くらい、自分で開けます！

自宅のリフォームで、蓋が自動で上がるトイレにしたのは、必ずしも本意ではない。人が近づくときと遠ざかるとき、除菌水というものが壺の内側にスプレーされるトイレを、掃除の楽さにひかれて選んだ。蓋もセンサーで開閉と聞き「それは希望しません」と言ったけど、ひとつの機能だけ外すことはできないそうで、信条を曲げたのである。

使ってみて知ったのは、済んだ後に流すのも自動であること。仕様書に書いてあったのだろうが、そこまで詳しく読まなかった。はじめはタイミングが合わず、「待って、まだ、便座の裏をひと拭きした紙も捨てたいのに」と憮然とすることもしばしばだった。が、無駄な抵抗と悟って、今は向こうのしたいように任せている。

しかしそれが当たり前になると、よそのトイレで、自分で用を足しながら、後始末もせず離れるようになりかねず……。慣れすぎるのが、ちょっとこわい。

ボタン式、手動式

身の回りの品は自分なりのやり方で強引に使いこなしてしまうものだ。スマホを買い替えたとき、機種による違いに面食らいながらも、行き当たりばったりでなんとかなったやり方が、そのまま定着していった。

家のリフォームではトイレの機種を変更したが、複雑なスマホでさえ、取説なしで済んだのだ。いわんやトイレは「たいして違いないでしょう」。自動で流れるのにはじめのうちこそとまどいつつ、取説を読まずに使い続け、トラブルなく過ぎた。

半年ほど経ち、掃除のため壁についている操作パネルをよく見れば「便座開閉」なるボタンがある。「えーっ、このトイレ、便座の上げ下ろしまでボタンでするの?!」。

蓋はもちろん、便座も使うたびに上げている。清潔さを保つため、毎回便座の裏をさっと拭くのが習慣で、そのつど手で起こしていた。

ボタンがあると知ったところで「でも別に、わざわざ機械の力を借りる必要ないわ」。それまでのやり方を続ける気でいて、思い出す。以前使っていたオーディオデッキだ。

オーディオデッキの常として、CDトレイの開閉はボタン式。あるときCDを載せ、何の気なしにトレイのはしを指ではじいたら、奥へ引っ込んでいく。「なんだ、押せば入るんじゃない」。

以来ボタンで開け、手で閉めていた。動きの流れとしても、CDを置いた指をボタンへ移すより、そのままトレイのはしをタッチする方が自然なのである。

数年後壊れた。ボタンを操作しても、トレイが中でうごめくだけで出てこない。家電店で相談したが、トレイだけを直すことはできず、買い替えるはめに。

たぶん私の使い方が原因なのだろう。機械にしたら、ボタンからは開と命令されたまま、逆方向の動きを力ずくでさせられて、どうしたらいいかわからず、混乱しショートしたのでは。

同様にトイレの蓋も便座もボタンがあるのに「勝手に手動式」にしていたら壊れるかも。すでに半年間、そのやり方で使ってきてしまい、相当な無理がかかっているはず。トイレまるごと買い替えるはめになるのは痛すぎる。

ただちにボタンで操作するよう改めた。

便利なことば

ビルの手動式ドアなどによくある貼り紙。「恐れ入りますが扉をお閉め下さい」。あの「恐れ入ります」は不要だと、私は常々思っている。開けたものは自分で閉める。幼稚園の蛇口の栓でも教わってきた、当然のことだ。恐れ入らなくていい。あれは言葉の無駄遣いだと。

あるときテレビでドラマを見ていて、この言葉の極意を知った。幕府の高官井伊直弼《いいなおすけ》が将軍に呼び出されている。彼の強権政治に対し、将軍が不快感を表したのだ。井伊は頭を低くして「恐れ入りましてございます」の一点張り。今後改めますとは言わないで、その場をやり過ごす作戦だ。

史実として、また時代考証からして、正しい言葉遣いかどうかはわからぬが、私はなるほどと膝を打った。これぞこの言葉の効果的な用法だ。

あくまでも自分の考えなり要求なりを通す。「恐れ入ります」は、多少気がひけますけど、と示すポーズ。礼を失しない交渉術といえようか。ドアを閉める閉めないのことで浪費しては、もったいない。

以来私はメールでよくこの言葉を使っている。私の魂胆がばれるので、この文章が仕事相手の目にふれないよう祈りながら書くと、例えば打合せの場所の相談で。うちから都心の会社までは小一時間。その日は先方にこちらへ出向いてほしい。そんなとき「恐れ入りますが、拙宅でお願いいいたします」。なんと便利。

いや、この用法はあまり広まらない方がいい。「恐れ入りますが、拙宅で」「恐れ入りますが、弊社にて」と互いに言っては合意に至らない。もったいないが、自分のためにとっておこう。

ネットが早い？

調理家電が故障して、取説や保証書を探し、載っていたサービスセンターに電話した。応対に当たった係が状況を聞き、修理申込はネットでもできるという。せっかくつながった電話を切ってネットとは、振り出しに戻るような。

気が急いている私は、そのまま電話で申込へ進みたかったが、「ネットの方が早くできます」と係の人。毎日使う調理家電、少しでも早く手配できる方がいい。「それでは」とネットを選ぶ。

こういうサービスあるいは商品の申込は、ネットと電話とでよく迷う。楽なのは電話だ。情報機器の操作が若い人ほど巧くないのと、年とともにせっかちになっているためもあろう。

サービスや商品は、申込に至るまでに、すでにあれこれ調べている。やっとたどり着いたところで、住所、氏名、フリガナなどの欄が待っていると「これをみんな、一からですか」と気持ちが萎える。打ち込み終わって、住所欄が「正しく入力されていません」と突き返されると、「自分の住所を間違えるわけないじゃない」と思うが、番地の数字が半角でないといけないのが全角だとかで、やり直し。反対に全角でないと拒否するサイトもあって、ややこしい。

途中で意欲を失って、止めてしまうこともあり、買いすぎを防げるのはいいけれど、この場合、修理はどうしても必要。辛抱強く入力していった。

電話だと、この操作を全部向こうがしてくれる。

先日、ガスを新しい場所で使用することになり、ガス会社に電話した。案の定ネットでも申し込めると言われたが、「このまま電話でお願いします」。使用開始は一ヶ月も先なので急がない。「お電話だと二〇分くらいかかります」。そんなに？　とたじろいだが、続行した。

たしかに住所、氏名を漢字から説明し、復唱され、ネットなら画面に長々書いてある説明の「同意します」にチェックマークを入れればいいところを、口頭で読み上げられ……。すべてを終えて、表示された通話時間は二八分五〇秒。

ネットの方が「早くできる」とは、申込から手配までではなく、申込そのもののことだったのかもしれない。

電話してよかった

注文や申込は、電話よりネットが多くなっていることを書いた。ネットショップに「お問い合わせ先」とある番号にかけても、「メールでお願いします」と拒まれる体験を経て、「電話はできるだけしない方がよいもの」という頭になりかかっている。が「電話してみてよかった」と思うこともあるのだ。

この日曜は、家具のショールームを兼ねた工場に行くつもりにしていた。メーカーのサイトで画像を見て、買うかどうか迷っている商品があり、「現物を見れば、一発でわかる」と。

サイトによればショールーム兼工場の営業時間は、午後五時まで。家からは電車を乗り継いでいくところだから、早めのお昼で腹ごしらえしていこう。

食べ終えて、靴を履く段になり、ふと心配に。サイトでは、日曜は営業日となっていたけれど、臨時休業ということもあり得る。はるばる出かけてそれではつらすぎる。確認のため電話をすると「どんな商品をご覧になりたいですか」と尋ねられる。商品を答えれば「あー、現物は今、展示していないんです」。

残念。その気で、地図まで用意したのに。が、行って見られなければ、もっとがっかりだった。

「お急ぎですか」と電話口の女性。というのも、近々お得意様セールを開催予定で、そのときはたくさん商品が並ぶ。急ぎでなければ、招待状を送るとのこと。

無駄足を踏まずに済んだばかりか、安く購入する機会も案内してもらえるとは。ラッキー！

実はその商品を見たくて、別のところへも足を運んでいる。百貨店系列のメーカーなので、百貨店の本店なら置いてあるだろうと。本店に家具売り場のあることを、ネットで調べて行ったが、現物はなし。「本店にないならもう、工場まで出向くしかない」と、遠いのを覚悟で、決めたのだ。二重に空振りだったのと、この案内をもらえたのとでは、心証はかなり違った。

私からの電話を「はい、営業中です」で終わらせず、何を探しているのか、急ぎかと、重ねて質問してくれた応対の人には、ただただ感謝。情報量の面でも気持ちの面でも「双方向の会話って、やっぱりいいわ」と思うのであった。

大人が知っておきたい季節のことば③

寒暖

Q. 次の暑さや涼しさに関することばを、俳句の夏の季語と秋の季語に分類して下さい。

①残暑《ざんしょ》　②薄暑《はくしょ》　③涼《すず》し　④新涼《しんりょう》

A. 正解は①残暑と④新涼が秋、②薄暑と③涼しが夏。番号順に見ていきましょう。①残暑は、初秋もなお残る暑さのこと。②薄暑は、初夏の頃のやや汗ばむくらいの暑さを言います。③涼しは、夏の暑さの中でこそ感じられる、しばしの涼気。④新涼は、秋になってからの実際の涼しさです。

〈新涼の驚き貌《がお》に来りけり　高浜虚子〉。「驚き」の後に切れはなく、新涼が驚いた顔でやって来たと解釈します。〈秋来ぬと目にはさやかに見えねども風の音にぞおどろかれぬる　藤原敏行〉という和歌が有名ですが、虚子の句は、人ではなく新涼みずからが驚いていると戯画化したところが、楽しく新鮮です。

顔といえば、虚子の歯が祀られている千葉県の鹿野山神野寺《かのうざんじんやじ》にある歯塚に詣でたことがあります。虚子の存命中の昭和三三年に建立されたもの。神野寺山主の山口照道《やまぐちしょうどう》（俳号笙堂）が虚子と親しく、虚子がこの寺でよく句作をしていた縁から、抜けた歯を弟子が持ってきて、境内に祀ったとのことです。

暦は秋に変わる頃。暑さの残る日でしたが、海抜三五三メートルの山頂に位置する寺には、確かに秋の涼しさが来ていました。

海

Q. 次の「海」のつくことばのうち、俳句の秋の季語はどれでしょうか？

①海月《くらげ》　②海猫帰る　③海鼠《なまこ》　④海胆《うに》

A. 正解は②海猫帰るです。「うみねこかえる」とも「ごめかえる」とも読みます。一般に「鳥帰る」だと春の季語ですが、海猫は秋の季語です。①は夏、③は冬、④は春の季語です。

海猫は沿岸の岩場や丈の低い草の平地に、集団繁殖地を作ります。そこで産卵、育雛《いくすう》を終えた後、成長した子とともに南をめざすと、歳時記にはあります。

成長がおもわしくなかったり年老いたり傷ついたりして、長旅に耐える力のないものは留まります。〈流人島空を自在に海猫帰る　中村翠湖〉と詠まれたように、空を飛ぶ姿はそれとの対比で、残る者の悲哀を際だたせます。海猫を「ごめ」と呼ぶのはもとは方言ですが、季語の読み方として広まりました。

出雲市の経島《ふみしま》をはじめ五つの島が、海猫の大繁殖地として国の天然記念物に指定されています。経島は島根半島西端に位置する、面積約三〇〇〇平米の無人島。毎年数千羽の海猫が繁殖地を形成します。日御碕《ひのみさき》神社の神域で、一般の人は立ち入れず、対岸約一〇〇メートルの遊歩道にある展望台から眺められます。島が白っぽく見えるほどたくさんの海猫が、いっせいにはばたくさまは壮観です。

「着なかった冬物も、保管付きクリーニングに出そうかな」。衣替えの時期もとうに過ぎたある日、電車の中で聞こえた会話だ。「冬物って、場所をとるじゃない。着てないのにクリーニングなんてもったいないけど、家にずっと置いてあるうっとうしさを思えば」。

ああ、それはおすすめできません。私は会話に加わりたいのを必死にこらえる。次の冬、保管から戻ってきたところで着ますか？　一シーズン袖を通さなかったら、潔く処分しましょう。支援物資に役立てられるチャンスがあればいいけれど、そうでなければリサイクル店へ。

十年ほど前からリサイクル店へ持っていくようになった。その経験から言えることが二つある。

その一。買ったときの値段は忘れる。「あまりに安くてがっかりした」と持っていった人はしばしば言うが、クリーニングと家との行ったり来たりを繰り返した挙げ句に処分するより、傷は浅い。

その二。これが重要なのだが、持っていく前に、面倒でも必ず着てみる。面白いもので、ハンガーにかけた状態では、まだ着るかもと迷っても、身につけて鏡の前に立てば一目瞭然なのである。

鏡の中の自分に高揚感がない。決め顔を作っても、服に打ち消される感じ。端的に言って似合わない。とても好きで、二シーズン前にはよく着ていた服でも、それは起きる。服は二シーズン前のままだが、自分はその間に年をとり、体型や皮膚のたるみ具合、髪の色やボリュームも変わったのだ。「好きだけど無理」になった現実を酷ではあるが受け入れて、今の自分を引き立ててくれる服を着よう。

処分するかどうかの判断のみならず後悔を防ぐ上でも、このプロセスは欠かせない。近所のリサイクル店へ持っていく私は、自分の出した服がディスプレイされているのを、通りがかりに見かけることがしばしばある。好きな服だから、見ればすてきだと思うし、「手放さなければよかったかも」と一瞬ぐらつく。そのときに「いや、わざわざ着て鏡の前に立つことまでしてみて、それでも無理とわかったのだ」と未練を断ち切ることができる。

二つの心得で私のクローゼットは、なんとかゆとりを保てるようになった。

ないとなったら、欲しくなる

私は驚いている。一枚のワンピースをとことん求めて出かけていく行動力とエネルギーが、この私にあったとは。

むろんおしゃれに関心がなくはない。が、かける労力は最小限ですませたい。買うのはデパートにある決まった店。セール期間中もあちこち回るのは疲れるので、行くのはいつもその店だけだ。周りでいくら大きな値引率の立て札が出ていようが、脇目もふらず帰ってくる。そういう人間のはずだった。

発端となったその日、服を買うつもりはまったくなかった。最寄り駅でふだんと別のデパートに行ったのは、デパート内の百円ショップで引き出しの中を仕切る容れ物を求めるという、きわめて「実用」的な買い物のため。近頃のデパートには、デパートに夢や憧れのあった私の世代なら考えられない、生活感たっぷりなプチプライスの店が入るようになっており、そこだけホームセンター化している。

消費税込み一〇八円のプラケースを買い、エスカレーターを順に降りてくると、途中階の店にディスプレイしてある黒のスカートが目にとまった。

そのときは服であっても「実用」の範囲の関心だった。黒のスカートは、会議など少し改まった席に便利。着ていて楽なシルエットで、生地に張り感があってしわになりにくく、季節を選ばない素材のものが一枚あると、通年でかなり使える。

私のふだん行く店はスカートはほとんどなく、チュニック＋パンツが基本である。おしゃれすることが少ないとはいえ、会議はときどきある私。別の店で、そのうち探そうと思ってはいた。

ディスプレイしてあるその店は、知らなかった店。パンツはなく、スカートかワンピースで、フェミニンなお出かけ服が中心のようだ。見た感じやや若向きで、サイズ的に無理そうだが、件《くだん》のスカートを試着すると、作りに意外とゆとりがある。タックをたっぷりとってあり、会議で長時間座り続けても苦にならなそう。

年をとってくると、きゅうくつなのはまずだめである……と言いつつも、三十代でも同じことを書いていた気がするから、加齢より個人の資質によるところが大きいか？　きれいな人は、きれいにしている。美容院みたいに長時間座りっぱなしのところにも、ちゃんとウエストのある服を着てきているというのが、最近の私の発見だ。

話を元に戻すと、そのスカートは楽だし、セールでお安くなっていることもあり、はじめての店だがその場で買うことにした。

レジに向かいかけると、視界のはしに気になるものがある。グレーがかった白地に黒の模様のワンピース。買うことにしたスカート同様、生地に張り感がありシワになりにくそう。スカート部の形も同じくタックフレアーで、楽そうだ。

こちらもあれば便利な服。会議に出るにも春が進むと、ジャケットも黒、スカートも黒では、印象が重すぎる。ワンピースは地が白なので、冬物とはいえこの先まだ使えて、黒の模様は、黒やグレーのタイツと合わせやすい。ふだんパンツの私は、ワンピースやスカートのときいきなり薄いストッキングになると寒く、肌の透けるのも落ち着かない。「タイツをはける」ことが、スカートやワンピース選びにおける、かなりだいじな要素なのだ。

通年で使えそうなものが、セールになっているとは、もったいないくらい。

「あのワンピース、試着していいですか？」

このときもまだ関心は「実用」の範囲であった。ところが。

私が声をかけた女性店員が、

「同じワンピースで、色違いもありますよ」

同じグレーがかった白地に、模様だけパープルのものを取り出してきたときから少しずつ「実用」を離れはじめた。

ふだんなら間違いなく黒の方を選ぶ。その方が無難で、いろいろ使える。けれど、このワンピースのパープルは相当ひかれる。パープルといっても濃いグレーに近い色。そう派手派手しくなく、上品だ。ゆるめの会議なら許されるかも。グレーに近い模様なら、グレーのタイツにもつなげやすい。「趣味」の買い物へ逸脱しつつあるものの、「実用」の要素も最低限満たしている。

パープルでこんなに気に入る服は、めったにないかも。これを逃したら、パープルを着ることなんて一生ないかもしれない。

試着して、残念、バストとアームホールが大きすぎる。ウエストならば、むしろゆとりがある方が、着ていて楽なのでいいくらいだが、バストとアームホールが余ると、いかにも体に合っていない印象になる。

アームホールからインナーも覗く。ジャケットを着ているぶんにはごまかしがきくが、暑くても脱ぐに脱げないのはつらい。

試着したのは黒が三八、パープルが四〇というサイズだ。

「パープルの三八はないんですか」

と聞くと、

「あったんですけど、完売で」

出た、完売。

この言葉は、聞くたびに曖昧だと思う。私のふだん買う店でも、完売と言われ、突っ込んで聞けば「自分のいるこの店舗では全部売れたが、他の店舗にはあるかもしれない」という意味のことがある。店員さんによっても使い方が違う。一店舗あたり二枚くらいしか入ってこないものを二枚売れたからって「完売」と表現するのもおおげさな気がするが。

今のこのパープルの三八についても、この店では全部売れたのか、他の店にももうないのか、はたまたネットショップでも在庫切れか。

こういう場合、多くの人は考えるだろう。ネットで探せばあるのでは。このブランドのオンラインショップでなくても、いろいろなブランドの服を取り扱っているサイトもある。

考えたままを口にすると、四十代とおぼしき店員は、

「ネットでの販売は、ないんです」

ブランドの方針だそうだ。多くのブランドがネット販売に活路を見出している今、めずらしいことである。

セール品の他店からの取り寄せはしていないという。取り寄せが不可なら、どの店にあるかさえわかれば、こちらから足を運ぶのだが、他店の在庫を調べることも、セール品についてはしていない。たとえあってもセール品は取り置きができないし、動きも速いのでと、気の毒そうに説明する。

どうするか。

大は小を兼ねると、一般論としては言える。四〇を買って、仕立屋さんでアームホールとバストを詰めてもらうか。その考えを話すと

「でも、それだと一万円以上……もしかすると二万円近くかかってしまうかもしれません」

と店員。なんと親切な。売ってしまえば自分の成績になるのに、こちらの身になってものを言う。

二万円近くは、おおげさではない。以前いつも行く店で、好きなチュニックがあったが、私のサイズのは全店舗それこそ「完売」で、どうしてもあきらめられず、ワンサイズ上のを買って、仕立屋さんに持っていったことがある。そのときも一万円以上した。しかも、そうまでして直したのに、形がなんとなく不自然になり、結局あまり着ないで終わってしまったのだ。

パープルのワンピースについては、はじめての店でこれほど気に入ったものだから、細かいことには目をつぶり、ひと思いに買ってしまいたいのは山々である。が、ここは踏ん張りどころ。買って着ないのが、いちばんもったいない。四〇は見送って、三八が別の店舗に残っていないか、探してみよう。

「実用」の動機を、この頃には完全に外れていた。ないからこそほしくなる。そういう心理。

もしかしてその心理で購買欲をそそるのが、ネット販売をしないこのブランドの戦略だろうか。

買ったときがピーク

はじめての店でセール品になっていたパープルのワンピースにひと目惚れしたが、自分に合う三八のサイズがなく、戻ってきた私。他の店舗を自分の足で探すしかない。たまたま翌々日に表参道の美容院へ行くことになっている。ついでに、そちら方面の店へでも。店があれば、の話だが。

ブランドのサイトで調べると、なんと本店が表参道だった。ひと駅隣の渋谷のデパートにも入っている。

両方行ければ、出会える確率は高くなるが、それぞれの閉店時間と美容院の終わる時間からして、二ヶ所は無理だ。ではどっちに？　賭けで行くのは、危険すぎる。

思いきって電話で聞くことにした。その店に在庫があるかどうか。まずは表参道から。

「すみません、探している品がありまして、セール品で申し訳ないんですが、電話でお伺いできるでしょうか」

丁寧を通り越し、おそるおそるだ。

「何番ですか」

できるか否かの回答でなく、質問が返ってきて、

「……電話番号ですか？」

後で考えると間抜けなことを言っていた。

「品番です」

げんなりしたような声。

「あっ、わかりません。すみません」

謝って切る。

一般にお店の応対は、「お電話ありがとうございます」の挨拶からはじまるが、いきなり「何番ですか」は、同様の電話を嫌というほど受けているのだろう。ネット通販がないからには、問い合わせがすべてリアル店舗に来るわけで。げんなりするのは察しつつ、そこをなんとかという気持ちである。

いずれにしても品番がわからないことには、話にならないようだ。こうなったらもう図々しいついでに、さきほど行ったばかりの店に電話し、品番を教えてもらおう。スカートだけでもあの店で買っておいてよかった。でなければ、いくら図々しい私で

もさすがに聞けない。

この店の女性は相変わらず親切だ。

「さきほどいらしたとき、品番をお伝えすればよかったですね」

あのときは私がこれほどまでに執心するとは思わなかったのだろう。

品番がわかったら、後は電話作戦だ。ブランドのサイトに載っているショップリストを頼りに、かけていく。行く予定の美容院から、二番目に近い渋谷の店舗。ちょっと回り道になるけど三番目に近い新宿の店舗。

四番目の銀座の店舗までかけてみて、

「これは思ったより厳しい……」

と感じた。パープルの三八は軒並み完売。四〇なら残っている、という店はあるのだけれど。

ショップリストを睨んで、今後の攻め方を考える。都心の店舗か郊外か。傾向を想像する。

都心の店の方が、仕入れた数は多いだろう。ただし客も多くて売り切れるのも早そう。郊外のデパートにある店は、仕入れ数こそ少なくても、小さいサイズの残っている確率が高いのではないか。通勤する女性中心の都心より、客層が年齢的にやや上だろうから。

さらには同じ都心でも、上野と池袋の客層の違いを、どう読むか。

このショップリストがまた、非常に使いにくい。県別になっておらず「関東」という、あまりにも大ざっぱな括《くく》りだ。

しかもその中での並び順に、北から南へといった法則性がない。渋谷、池袋、銀座と来る間に突然、神奈川県の横浜が差し挟まったり、茨城県、群馬県、埼玉県、千葉県へ行ったと思ったら、再び東京の白金台が出て、次は神奈川県の川崎市になったり。まるで脈絡がないのである。

単にオープンした順に書き加えていったとか？　サイトを管理する人は、この無秩序が落ち着かなくはないのだろうか。

首都圏の路線図を頭に描き、美容院のある表参道から行きやすい順にピックアップして電話する。

電話のかけ方のコツみたいなものも、繰り返すうちつかめてきた。

「いつもお世話になっています」

日頃からよくその店舗で買っている客を装う……と言うと言葉は悪いが、相手にし

てもらいやすい雰囲気をまず作る。その上で、

「探している品がありまして、品番でお伺いできますか」

品番はわかっていることを、知らせる。そして、

「セール品で申し訳ないんですが」

詫びから入る。回を重ねるにつれ、われながらテレホンアポインターかと思うほど流暢になっていった。

しかし電話は上手くなっても、かんじんの品がない。かけてもかけても、

「完売です」

やがて各デパートの閉店時間が来て、その日は終了。


翌日もテレホンアポインターを続ける。表参道から地下鉄で行ける範囲、と当初は思ったが、「完売です」が続くうち、その範囲を超えて、表参道から渋谷を経由し埼京線で行く大宮、渋谷から田園都市線に乗り換えて行く溝の口、渋谷から東横線の横浜と、どんどん延伸していった。

それでもパープルの三八はなく、美容院のついでに足を延ばす、という方針そのものを捨てることにした。

自宅を起点に探していく。立川、町田、埼玉県の所沢……そこまで範囲を広げても「完売です」。

ないからこそほしくなる心理で、こうなると、いよいよ後に引けなくなる。ここまで頑張ってきたのだ。北関東まで行くのはさすがに苦しいが、南関東であれば、多少遠くても辞さない覚悟。路線図に従うこともう止めて、ブランドのサイトのショップリストの上から順にかけていく。

「このぶんでは日本じゅうのどこにも残ってないのでは」

という気がしつつ、半ば意地に、半ば惰性になっている。

「いつもお世話になっています。探している品がありまして、品番でお伺いできますか。セール品で申し訳ないんですが」

もはやほとんど自動的に出るセリフを言うと、

「パープルの三八ですね。あります」

「完売です」に慣れきっていた私は、一瞬耳を疑った。これまでの癖で「そうですか。お忙しいところすみませんでした」なる次のセリフが、すでに出かかっていたほどである。

ごくりと唾を飲み込んでから、

「お取り置きをお願いできるでしょうか。必ず行きますので」

私の勢いに気圧《けお》されてか、セール品では本来ならできない取り置きをしてくれるという。

「ありがとうございます」

深く礼して電話を切ってから、リストのどこまでかけたのだったかわからず焦った。

発信履歴というものがあることに感謝したい。そこに残る番号とリストを照らし合わせ、千葉県の船橋の店舗とわかった。

電話をかけ続けること、実に一七件目であった。


それにしても、この出不精の私が。住んでいる町ですら、駅の反対側へはめったに行かず、それほど遠くない表参道の美容院でも三ヶ月に一度行くのがやっとの私が、東京を横断し、県境を越えて船橋まで。欲にとりつかれるって、こわい。

「必ず行きます」と宣言したものの、調べると最寄り駅から船橋までは、列車に乗っている間だけでもたっぷり一時間かかる。

読書タイムにするつもりで、本二冊とペットボトルのお茶を持って出かけた。

御茶ノ水で総武線に乗り換えて、さあ、ここからはほぼ未知の領域だ。東京でも二三区より西側に住んでいる私は、奥多摩の山々にはなじみがあっても、都心や湾岸エリアには詳しくなく、位置関係もあやふやである。

今渡っているのは、隅田川？　ドア上方の路線図を見る。どの辺からが、千葉県か。路線図上を目で行き来して、

「錦糸町⁉」

たしかショップリストの下の方にあった。こんなに近いとは。船橋より先に電話し聞いてみるべきだった。

荒川を越え江戸川を越え、船橋で降りると、駅前の風景になんとなく見覚えがある。そう、もう十年も前になるか。散歩番組で潮干狩りの回に出たとき。ロケの出発点がここだった。

「潮干狩りか」

思えば遠くに来たものだ。多摩の山裾に住む人間が、一枚の服を求めて海辺の町まてたどり着くとは感慨深い。

取り置きされていたワンピースは、まぎれもなく、探していたパープルの三八だった。試着するとやはりこれがジャストサイズ。電話してよかった、はるばる来てよかった……。

電車で一時間の道のりを再びたどる私の胸中には、目的をついに果たした達成感と、改めての驚きがあった。服にかけるこれほどのエネルギーが、今なお私にあったとは。おしゃれに関して、私はまだリタイアしていなかった。

読者の皆様には、この先の想像がおつきだろう。そう、このワンピースはほとんど着ることがなかった。その服から得る満足は、買ったときがピークだったのだ。

さんざんに電話で騒がせ、親切につけ込んで本来できないあれこれをお願いしながら、罪なことだが、買うまでがたいへんだった服は、そうなりがちかもしれない。

サングラス適齢期

サングラスをかけるのに気恥ずかしさはないだろうか。かっこつけていると思われそう。そんな意識の出どころを探ってみると。

周囲の同世代にサングラスが急に増える、いわばサングラス適齢期。それは一九歳だと私は思う。進学し東京生活にも慣れた頃、同級生の男子がひとり突然サングラスをしてキャンパスに現れる。

同級生の間にさざ波のように起きる動揺。「どうかした?」「目に何か治療したとか?」。そう、高校までは、サングラスをかけてはいけないという規則こそなくても、ふつうはかけて来ない。

その高校を卒業し「服装とか髪型について、もうなーんの制約もないんだ」と遅ればせながら気づく。親元離れた人なら「そんな不良みたいなかっこして」とうるさく言う人もおらず、なおさらだ。

夏のこの時期、サングラスは道ばたのラックで売られている。小遣いで買える値段だ。試しにかけて、ラックの小さな鏡を覗けば、ちょっと大人に、ちょっと悪《わる》にもなった感じ。

「い、いいのか」ととまどいつつ、思いきってかけてキャンパスに行けば、たしかに誰にも注意されない。拍子抜けすると同時に「あ、ほんとに自由を手に入れたんだ」。そんな感じでキャンパスにみるみる広まった。高校を出て社会人になった人も同様では。一九歳のサングラスは、引退し髷《まげ》を落としたお相撲さんがいきなりパーマをかけるのと似たものがありそうだ。

なんでそんなに微に入り細をうがって心理を想像できるか。何を隠そう、私もかけたことがあるから。あまりに変で、二回で止めた。幼さの残る顔になすび型の色眼鏡をかけるのだから、全然似合っていないのだ。同級生の誰も彼も当時のスナップ写真を突きつけられたら、ぎゃっと叫んで逃げ出すのでは。

一九歳は私には遠い昔だが、通販でタンクトップなど買うとき、サングラスは伊達眼鏡だというイメージが脈々と受け継がれているのを感じる。ファッション通販のサイトの写真には、サングラスでロングヘアをかき上げる女性がとても多い。街を歩くとき顔を隠す必要がある人、すなわちセレブっぽく見せる小道具？

が、エイジングするにつれて、気恥ずかしいとも言っていられなくなってきた。夏は帽子で陽ざしを避けているが、それでも眩しくて目が痛いほど。

同世代の男性が仕事の場に、サングラスをかけてきた。「白内障が進むよって、医者に言われて」。伊達ではない。必要に迫られてのサングラスだ。

つられて私もかけはじめた。布団干しやごみ出しのとき、目がとても楽。セレブぶっていると思われないかとのためらいもあったが、考えてみれば無用な心配。布団干しやごみ出しなど自分でしないのがセレブだろう。

周囲の同世代にすすめている。シニアは第二のサングラス適齢期である。

表情の癖

知人の女性とよもやま話にうち興じ、ひと落ち着きしたところで、相手がためらいがちに言った。「あのさ、額にタテにしわを寄せる癖、止めた方がいいよ」。額にタテ？　想像つかない。ヨコじわなら眉を上げれば寄るだろうけど、タテにはどうしたらできるのだろう。どんなときそうなるかを訊ねると「例えばさっき××さんの話をしたとき」。

思い当たる。××さんは私たちがやや敬して遠ざけている男性だ。接する際は彼がいちばん偉いかのように持ち上げないと、不機嫌になる。彼のよそでの動向を、彼女から聞き「うわー、相変わらずそうなんだ。くわばらくわばら」。身震いして顔をしかめたのである。

実際どんな顔なのか。家の鏡の前で再現すると、これはひどい。目を見開くのに伴い、眉尻が吊り上がる一方、鼻のつけ根をきつく縮めるものだから、眉頭は引っ張られて下がり、たしかにタテにしわが入る。「くわばらくわばら」と思う話のたびに、こんな顔をしていたとは。

癖ならば、たぶん若い頃も同じ表情をしていたのだろうが、加齢につれたるんだ皮膚の余剰分が大きく動き、前よりも仰々しくなるに違いない。前だったら一本入るか入らなかったしわが、何本もドレープ状に。同様の現象は、額のみならず目元、口元など顔の随所で起きているはず。

しかめるときだけでなく表情全般を、これからは抑えぎみにしていかなければ。お調子者の私は、話にのるとわれを忘れるタイプで、表情はゆたかだと思う。しわが気になりはじめた三十代に読んだ女性誌でも、表情じわはよしとされていた。が、何ごとにも限度がある。化粧のため鏡を見るときは、自分でも「まあマシ」と思える、いわば決め顔を作っているが、無意識の表情こそ点検する必要がありそうだ。

顔写真を撮る

自分の顔をこんなにもしげしげと見る羽目になろうとは。しかも笑ってごまかしようのない状況で。

順を追って話そう。

証明写真を撮る必要があった。マイナンバーカードをまだ作っていなかったし、パスポートの期限も切れそうだ。

申請には写真が要る。パスポートは前回十年用を作ったので、証明写真を撮るのは十年ぶり。

なかなか機会を得ずにいたところ、ある日思ったより早く、外出から帰ることができた。家の最寄り駅まで着いて思い出す。駅ビルの中に証明写真を撮れるところがある。カメラ用品を売る店に「証明写真撮影します」という幟《のぼり》みたいなものが、たしか出ていた。

機械を自分で操作するのではなく、人が撮ってくれるから、失敗はなさそうだ。予定になかったことなので、気合いを入れた準備はしてきていないが、電車に乗って外出したから、メイクはしている。服も白のブラウスに紺のジャケットと、ふだんに比べたら、きちんとしたかっこうだ。「そのうちに」と言っていたら延び延びになる。たまたま寄れる、今日がチャンス！

電車を降りたばかりで、髪の乱れなどもチェックしていないが、

「行けば手鏡くらい貸してくれるだろう」

改札を出た足で、そのままカメラ用品店へ行った。

レジカウンターで申し込むと、売り場の奥へ案内される。カーテンで仕切られたそこはたいへん狭く、吊り下げられた無地の紙の前に、椅子がひとつ置かれているだけ。

とりあえず腰掛けると、店の人は、

「今鏡を持ってきます」

よかった、やっぱり借りられるんだ。

ほっとしたのも束の間、カーテンを分けて現れたのは、手鏡どころではない。全身の映る鏡であった。キャスターをきしませ運んできて、私のまん前に据え、

「どうぞご準備下さい」

カーテンの向こうへ去る。

想像してほしい。他に目のやりようのない小部屋で、正面から自分の顔を直視する。罰ゲーム級のつらさである。

よく、疲れて帰る夜の電車で、暗い外を背景にした窓に、ぼうっとして揺られている自分の顔が映っていることに気づくことはないか。地の底から出てきたような、やつれて生気のない顔。はっと目を逸らし、心の中で首を振る（という表現も変だが）。あれは私ではない。見なかったことにしよう……。

小部屋に鏡と一対一で残された私は、見ないわけにいかない。鏡の中の私はといえば、ここまでの間に汗をかいて髪はぺったり、ファンデーションは剝げかけて、肌の色は連日の暑さ疲れのためかくすんでいる。色についてはファンデーションを塗り直して補整もできるが、いかんともし難いのは、皮膚がたるんで、なんと言うか顔全体が「落ちている」感じ。額、目の下のふくらみ、頰、すべてが顎に錘《おもり》でもついているかのように、下へ引っ張られている印象だ。自分で認識している「私」よりは。

むろん昨日や今日、急にたるんだわけではない。鏡だって毎日見ている。

ただ、歯みがきや洗面のときは慌ただしくて、しげしげとは眺めない。メイクのときは部分を注視。ことに老眼が進んでからはメイクに拡大鏡を使うようになったので、全体を見るのは仕上げのときのみ。でもってそのときは習慣的に、にっと笑う。ひと

とおりの手順を踏んで、

「ま、こんなところでしょ」

メイク終了の儀式として。笑うとおのずと、口角も頬も上がる。

証明写真では、にっと笑うわけにいかない。原則として無表情だ。

私は深く後悔した。鏡に映るこの顔が、十年間パスポートに残るのだ。マイナンバーカードは今後あちこちに提示する。

せめて髪を整えてくれればよかった。髪の上の方にブローでボリュームを出せば、見た目の重心が上に行き、顔全体が上がった印象になる。

「ご準備はよろしいですか」

カーテンの向こうから店の人の声。ぜ、全然よろしくないけれど、まさかここまで来て「今日のところはやめておきます」とも言えない。

「お願いします」

観念して答えると、キャスター付き鏡はするするとどかされて、代わりにカメラが設置され、シャッターを押すこと幾度か。撮影終了である。

一五分後受け取った写真は、シミやくすみはありがたくも修整されていたが、たるみの方は無修整。

「これが、ありのままの私……」

ふだんの私は笑顔でもっていたということが、よおくわかった。

仕事柄、証明写真でない写真の撮影はときどきある。雑誌のインタビュー写真など。証明写真を撮ったその日も、帰宅して数時間後に撮影があった。

ことさらに笑顔を作った。笑うと目は小さくなるが、目を大きく見せたい欲はもう捨てて、思いきり口角を上げる。

雑誌の撮影ではたいてい、スタッフはこぞって被写体を褒めちぎる。よい表情を引き出して、ページを明るい雰囲気にするため。その日も「少女のような笑顔ですね！」と過剰なほどに褒められつつ、心中は複雑だった。証明写真のショックも生々しい私としては、「少女じゃないから、笑顔なのよ〜。年をとるほど、笑顔が必要なのよ〜」。

そして、別の意味でも笑顔は、若いときよりもっとだいじになってきそう。介護の仕事をしている女性が言っていた。

仕事だからどの人も同じようにお世話する。でも自分たちも人間。ふだんから笑顔で柔和なお年寄りと不機嫌そうな顔つきの人とがいたら、後者の方は「へたに近寄ると、面倒なことになるんでは」と身構えてつい、必要以上に接しないようになってしまう。

たしかに私も町や駅や電車の中で声をかけやすいのは、素でいるときの表情がどことなく笑みをたたえている人だ。「あ、どうぞ」「お手伝いしましょうか」など。断られるにしても、いきなり怒り出すことはなさそうだから。

年をとるにつれ、周囲の助けを借りることは多くなる。卑屈になることはないけれど、人を遠ざけてしまわぬためにも、笑顔を基本装備としていこう。

見返り美人で、溜めない人に

掃除はほんとに苦手であった。できるだけ、しないで済ませたいと思っていた。前の家に住んでいた頃は、特にそうだ。

よほど埃が気になったら、そこだけさっと箒《ほうき》で掃くくらい。床には綿のような埃が、エアコンの風の対流で右へ左へ漂っていた。綿埃がからまり合い毬藻《まりも》のような玉になったのが、転がっていくこともあったが、見ないふり。

「埃じゃ死なない」

とうそぶいていた。

流しのステンレスは、三角コーナーの茶殻から流れ出る渋で鉄錆《てつさび》色になり、すみっこはぬめりを帯びていた……ここまで書くと自虐めいてくるが。

転機となったのは、三十代半ばでの引越しだ。引越すにあたり、モノをずいぶん処分した。なんとなく捨てずにあった、でも、運送費をかけてまで新居に持っていく必要の全然ないものが、家にはかなりあったのだ。例を挙げれば、人からもらったマッサージチェア。買えば何万円、ことによったら十何万円もするのだろうが、使わなかった。あるいは座布団。客が来たときのためにと長いことずっと畳の上に積んであったが、客なんて来ず、いざ処分しようと持ち上げると、湿ってとんでもなく重くなっていた。

それらの置いてあったところや周囲に、埃が溜まっていたり、黴が生えていたり。埃や黴の粒子を空気とともに吸っていたかと思うと、ぞっとする。埃で死にはしないかもしれないが、体には相当悪そうだ。

掃除は苦手でも、やはりしなければならぬこと。何も家じゅうを磨き立てなくてもいい、衛生を保てる、最低限の掃除はしようと思った。

そうしてみて、わかった。掃除が嫌でなくなるためにだいじなのは、モノが少ないことである。拭いたり掃いたりの妨げになるモノが少ない方が、億劫でなくなる。

手はじめに流しの三角コーナーを廃止した。引越してからもしばらくは、それまでの習慣で置いていたが、あると流しのすみのぬめりを拭くのに、いちいちどかさねばならず、じゃまなことはじゃま。

「これ、ほんとうに要るか？」

三角コーナーの使い途は、急須をゆすぐときに茶殻をあけたり、調理のときジャガイモの皮をむいて放り込んだり、食べたお皿を洗う前に魚の骨だとかを移したり。いずれ生ごみとして処分するのだから、何もそんな一時置き場みたいなものを設けなくても、直接生ごみの袋に入れればいいのでは。

そう考えて三角コーナーをなくしてみると、流しはすっきり。茶渋の色がステンレスに残ることもない。すみっこのぬめりは拭きやすくなった……という以前に、ぬめりそのものがほとんど出なくなった。茶渋の色を後で落とす必要もないし。

モノを減らすと、汚れを溜めないことにもなる。あるのが当たり前だったモノを、改めて見直して得た効果だ。


掃除を楽にする方法。それは、汚れを溜めないことに尽きる。

「年末にいっぺん大掃除して、溜まった汚れをとればいい」

という考え方もあろう。「生活をしている以上、日々汚れてしまうのだから」と。が、三十代での引越しからさらに二十年近く生きてきて、性分として苦手な掃除が、年末だからって急に好きになったり上手くなったりすることはないと、骨身にしみてわかった。

汚れを溜めるほど億劫になるし、重い腰を上げてとりかかったところで、すでに汚れは落ちにくくなっているから、ますます苦手意識を持つという悪循環。

では、汚れを溜めない工夫は？　家の中の場所別に述べていくと。

流しは、水仕事が済んだらメラミン樹脂のスポンジでさっとひと拭き。白くて硬めのスポンジで、洗剤をつけず消しゴムのような手軽さで使える。

調理台やコンロ回りは何かこぼしたら、そのつど拭く。古新聞を回収に出すと交換でトイレットペーパーをもらえるが、私はそれをキッチンのすぐ手の届くところに置いている。

そのつど、と言っても煮炊きの途中の吹きこぼれは、火のそばなので紙を近づけることはできない。そうしたすぐに拭けないときは、こぼれたところに少々水をかけておく。コンロのへりから少量の水をそっと流し込んで。

そうしておくと、火を止めた後難なく取れる。焦げついてからだと、洗剤で溶かさないといけなかったり、金属たわしでこすったりとたいへんなのだ。

風呂場は出るときに体を拭いたタオルで、床や浴槽のへりの水気をさっと拭く。

前は水気が残っていたって全然問題ないだろうと思っていた。水なんてものを洗うのに使うくらい世の中でいちばんきれいなものだし、放っておいてもいずれ乾くしと。が、水垢《みずあか》がつく。

垢と言うと皮膚から出る脂混じりのものを想像してしまうが、もっと硬質。水に含まれるカルシウムなどが石鹸の成分やさらには埃とくっついて、灰色のうろこ状の膜になる。そうなると頑固で、落とすのはたいへんだ。

水気をおおざっぱにでも取り除いておくと、水垢がつきにくく、これまた面倒な黴も防げる。

トイレは用を済ませたら、流す前にペーパーで便座の裏をさっとひと拭き。流しながら、ブラシで中をひとこすり。風呂でもトイレでも、その場をただ離れるのではなく、振り向いてひと手間を。「見返り美人」になるのが、溜めない人への第一歩だ。

そしてお気づきだろうか。今述べた方法は、洗剤を使わない。力を入れてこすることもしていない。

キッチン、風呂、トイレという家の中でも掃除がやっかいとされる三大水回りも、溜めないうちの掃除なら、洗剤要らず、力要らずで済む。それでは取れない汚れもあるだろうが、だからといってこれらのことをしないよりは、後々ずっと楽である。

いつか完全にきれいにしよう、というつもりで「いつか」がなかなか来ないより、不完全でいいから、そのときそのとき、できることをする。

掃除以外もこの方針で行くつもり。

おばあちゃんの掃除法

おばあちゃんの知恵袋的な掃除方法がある。床は米のとぎ汁で拭くとか、畳はお茶殻を撒《ま》いて箒で掃くとか。エコな感じはいいけれど、縁遠いことは否めない。おばあちゃんの時代とは、住宅建材そのものが違いすぎる。

リフォームした家に住みはじめて間もない私は、掃除はまめにしているつもり。調理台は布巾で拭いて、常に乾いた状態に。シンクはぬめりを残さぬよう、食器用洗剤をつけたスポンジでこする。

あるとき気づいた。シンクのへりに立つ水栓の根元の裏側に、半透明のうろこを重ねたような塊が。水垢だ。水の中のカルシウム分などが凝固したものである。

たしかにそこは水の溜まりやすいところ。シンクと調理台の境界に位置し「調理台ほど真剣に拭かなくてもいいさ」という油断もあった。

放置すれば、堆積する一方。今のうちに除去しないと。が、硬い樹脂のスポンジでこすっても、研磨剤入りの洗剤をつけてもとれない。「頑固なうろこに」といった、水垢専用の薬剤がありそうだ。ネットで調べると、それらに混じってクエン酸が出てきた。

クエン酸こそは重曹と並ぶ、エコ掃除の代名詞。柑橘類や梅干し、お酢に含まれるもので、「クエン酸と重曹だけで家じゅうをきれいにしています」という人が、ロハス系の雑誌によく登場する。

何にでも効くものって、そこそこしか効かなそう。汎用性はあるけど弱そうな。「もっとピンポイントで水垢を分解するものがいいんだけど」と思いつつ、専用の薬剤を購入しても大量に余らせそうなこともあり、半信半疑でクエン酸の粉末を買ってみた。

見た目はグラニュー糖に似た、白い細かな粒々だ。ほんのひとつまみを、水栓の根元のうろこにかけておく。しばらくして布巾で拭くと、驚き。あれほどしつこかった塊が、何の力も入れないのに、きれいに溶けてなくなっている。おみそれしました、クエン酸。

このクエン酸、たいへん頼もしい。煮魚をした鍋なんて、食器洗剤でも臭みが消えないものだけど、水を張ってクエン酸を振り入れておけば、すっきりと。環境負荷が少ない割に、強力だ。

「これがあれば、少々汚れを溜めても後で帳消しにできる」と掃除の気が緩みそうなのが、ちょっとこわい。

匠の技、和の知恵

二十代の頃は、旅は移動距離にある、と思っていた節がある。列車の路線図上の乗ったところを太線でなぞり、どこまで行ったかを記していたのだから、私ったらほんとうに若かった。

今は回る範囲こそ狭いけれど、ささやかながらテーマを設けている。レトロとか「古かわいい」は、私の定番のテーマだが、今度の旅先である飛驒は、それらをもう少し深められるかも。飛驒といえば匠の国。奈良時代、都の造営に出向いた飛驒の大工さんたちの腕前が卓越していたことから、そう呼ばれるようになったという。新建材の洋室に暮らす私は、ときおり木のぬくもりにふれたくなる。そこにこめられた「和」の知恵のようなものにも。

高山に着き、まっ先に向かったのは伝統建造物の保存地区、通称さんまち。通りの両側に低い軒が連なって、黒っぽい格子が並んでいる。消火栓まで建物に合わせ、黒い木の箱に収められていた。消火栓はとても多く、店ごとにありそうだ。

屋根の上を藤蔓がつたう「久田屋《ひさだや》」さんで、まずはお昼。江戸時代末期の町家という。若主人によれば、この通りでは一軒の火災警報機が作動すると全戸で鳴る。古い家並みをみんなで守っているのだ。

「田舎料理定食」は山菜を中心とする炊き物が一〇品以上。そう、飛驒は山国だ。姫筍《ひめたけのこ》は水煮し、わらびは干す。旬に採って保存しておく方法にも、昔ながらの知恵を感じる。

この後私が訪ねるつもりの刺し子の店を「あ、小中高の同級生の家」と若主人。ほっとする。有名な観光地だが、昔からいる人が住み続けることのできる町なのだと。

「本舗　飛驒さしこ」さんでは、白髪の婦人が針を動かしていた。昔は例えばお父さんの着物を子供に仕立て直すとき、生地の弱ったところを糸で補強した。その縫い目が装飾となった布小物。「もったいない」の知恵が生んだ工芸品といえようか。職人さんに限らず、家庭内にも、女性にも伝承の技はあったのだ。

「喫茶去《きっさこ》　かつて」でひと休み。窓際の席では格子を内側から眺められる。梁《はり》を這う電線に、私の中の「古民家萌え」がめざめる。二階も見せていただくと、天井が頭につきそう。

そういえば聞いたことがある。江戸時代、天領だった高山には、幕府の役所が置かれ、それよりも高い建物が禁じられたと。

役所のあった高山陣屋に行ってみる。ガイドさんの説明では、天領になったのは山に囲まれ森林資源や金銀などの地下資源が豊富だったため。政務の執られた部屋を回って「官僚制度は今も昔も……」と感じてしまった。上下の序列、中央から派遣の役人と地方の役人との区別。建物もそれらを表す。畳のへりに差をつけてあったり、出入口を文字どおり「敷居を高く」してあったり。

屋根は板葺き。冬の厳しい飛騨では、瓦も寒さで割れてしまうし、瓦に雪の重みが加わると建物が潰れてしまう。偉容を誇る陣屋も同じ。中央の役人とても、自然の前にはひれ伏さざるを得ないのだ。

全国に六十以上あった幕府直轄の役所のうち、当時の建物が残るのは高山のみ。維新のときここを統べていた郡代が無抵抗で逃げたため、新政府軍の破壊を免れた。そう、支配者が変わったり戦に巻き込まれたりで、火を放たれれば、木の家はたやすく失われる。残っていることが、いかに稀有な、平安の証であるかを思うのだ。陣屋前の広場で「明日天気になあれ」と靴を蹴り上げている子の歌声が、しみじみと胸に響く。

宿は「スパホテルアルピナ飛騨高山」。天然温泉の風呂で疲れをとって明日に備える。

旅の二日目は朝市から。宮川沿いの道に白い日よけを張った露店が並ぶ。昨日のお昼に出たような山の幸や農産物がたくさん。栗、茸、名産の宿儺南瓜《すくなかぼちゃ》、赤蕪《あかかぶ》の漬け物、朴葉味噌《ほおばみそ》。地元のお年寄りも買いにきている。新聞紙でくるんだ菊の花を、手押し車に載せていく人。それにしてもこの宮川、町中を流れるのになんと澄んでいることか。橋の上から水底の石が見えるほど。露店のひとつに、さるぼぼ発見。方言で、猿の赤ちゃん。ちゃんちゃんこと頭巾をつけた赤い布の人形だ。冬の間外で遊べない子供の玩具兼御守りとして、かつてはどこの家でも作られていた。これも伝承の工芸品。

匠の技にもっと迫ろう。古民家を移築した「飛驒の里」へ。池の周りに水車小屋あり、田んぼあり、茅葺き屋根あり、昔ばなしの世界へまぎれ込んだようだ。白川郷では外から眺めるしかない合掌造りの家も、ここでは中へ入ってつぶさに見られる。わらじ作りや刺し子といった手仕事や、組み継ぎの実演も。そう、釘を使わず木材をつなぐ技には、前々から興味があったのだ。

組み継ぎを追求するには古川へ。その名も「飛驒の匠文化館」がある。体験コーナーでは神社やお寺で見たことのある継ぎ目を、実際に分解してみることができる。上下左右の力にはびくともしない柱が、斜めに引けば難なく二つに。大興奮！　これを考えつく頭に比べたら、無理やり外そうとしていた私は、知恵の輪と格闘する猿さながら。飛騨の匠、すごすぎる。説明してくれた女性によると、こうした組み継ぎが可能なのも、石でも金属でもない木ならでは。「遊びがあるから強いんやね。がんじがらめは弱いんや」。深いひとこと。人の心にも言えそうだ。

古川も昔の家並みをよく残す。丸々とした鯉の泳ぐ用水路沿いに白い土塀が立ち並ぶ。用水路は冬は流雪溝となるため、毎年晩秋に町の人の手で、鯉を池へ移すという。寒い国の心温まる風習だ。

町家の軒を支える腕木には、白い装飾が。古川の大工さんが自分の建てた家につけるという。匠の誇りを示している。

町家のひとつ「壱之町珈琲店」でお昼ごはんを兼ねてひと息。縁側や卓袱台《ちゃぶだい》が、子供の頃住んでいた家を思わせ懐かしい。

同じ通りに「ほっとする店」という看板がある。飛騨に受け継がれる木工品、一位《いちい》一刀彫《いっとうぼり》の他に、ふくろうの手描き画も売られていた。職人である店主が、怪我で鑿《のみ》を握れなかったとき、筆なら持てて、描いたのがはじまり。ふくろうは福に通じる。

木のぬくもり以外にも、さまざまなぬくもりにふれた旅。そう、「和」は、なごむとも読むのであった。

お米生活、十年余

休みのない日々が続くと「疲《つ》っかれたー」と口にするけれど、そう言う割に元気。四〇歳のがんの後は、大きな故障なく過ごせている。

何が功を奏しているかわからないが、「お米生活」のおかげはありそうだ。泊まりがけで出かけていて、なんか力が出ないなと思えば、「そうだ、お米のご飯を食べていないいんだ」。昨夕《ゆうべ》は中華の麺、朝はパン、昼はパスタ……。粉ものももちろん好きですが、エネルギーの元はやっぱりお米。なかでも、うちのご飯である。

お米は精製して保存すると、味が落ちるといわれる。いくらお米好きでも、ひとり暮らしの私は、ひと袋買うとそうすぐには減らない。味が落ちてしまうのがもったいなくて、玄米で取り寄せるようにした。家庭用の精米機を購入してからなので、今から十年余り前のこと。米どころを旅すると、道路沿いにコインランドリーのような簡素な建物があり、「コイン精米機」なる看板が出ていて、「このへんの人たちは、搗《つ》きたてのお米を食べられるのか」と羨んでいたところ、家庭用のがあると知った。

家に来た人に見せると、異口同音に「こんなに小さいの?」と驚く。湯沸かしポットくらいなのだ。一合から精米できて、搗き加減は選べる。三分搗き、五分搗き、七分搗き、胚芽米、白米とあり、私は胚芽米。胚芽は黄味を帯びているので、炊けたご飯はうっすらクリーム色になる。クリーム色のご飯に慣れているせいか、たまに外で食べると、白を通り越して銀色っぽく感じられるほど。銀シャリとはよく言ったものである。

精米すると、ぬかが出る。もったいながりの私はそのぬかを利用し、ぬか漬けを作っている。ぬかに塩と水を混ぜて、野菜を埋め込んでおくと、野菜についていた微生物のはたらきで自然と発酵し、ぬか床ができる。いちどできたら、後はときどきぬかや塩を足すだけ。

ぬか床というと「毎日かき混ぜないといけない」イコール「無理」と思う人が多いようだけれど、冷蔵庫に入れれば、二日くらい放っておいてもだいじょうぶ。三泊以上留守にするときは、野菜を抜いて、冷凍庫へ。解凍するとまた、何ごともなかったように、発酵の続きをはじめる。そのタフさは敬服ものだ。

精米機にかけず、玄米で食べることもある。回数でいうと胚芽米と半々くらい。発芽玄米にして炊いている。一日近く水に浸して、一ミリ近く芽の出たところで炊くのだが、浸していることを忘れそうな私は、炊飯器の発芽玄米機能にお任せしている。発芽に伴って、酵素が活性化され、栄養価が増すとのこと。軟らかく炊け、消化もよさそうで「玄米はどうも胃にもたれて」という人に、おすすめしたい。

胚芽米も玄米も白米に比べて、繊維が豊富。加えてぬか漬けには、整腸作用のある乳酸菌が含まれる。これらの効果は、泊まりがけで出かけると逆に痛感する。便通が毎日あるって、なんて快適なことだったのか！

便通は最大のデトックスともいえる。心地よく日々を回していくために、うちでの「お米生活」をできる限り維持していくつもり。

少しはインスタント食品

大腸の内視鏡検査をした。結果は心配なかったが、困ったのは検査後のふらつきだ。午後六時過ぎ、這々《ほうほう》の体で家に帰り着く。一日近く食べていない空腹と、下剤をかけたことによる脱水症状もあるだろう。

とにかく汁物が欲しい、塩分が欲しい、端的なでんぷん質が欲しい。三つをかなえるのはうどんだ。温かいうどんをすすりたい。

が、鍋を火にかけだしを取り、醤油その他で味を調え、別の鍋で乾麺をゆでるという、通常のうどん製作過程をたどる体力気力は、そのときの私にはなかった。うどん、うどんと念じつつ、湯を沸かし味噌を溶くのがやっと。それを飲み最初の元気をどうにかつけて、冷凍してあったご飯を温め、でんぷん質をとったのだ。

つくづく思った。カップうどんのひとつも常備すべきだと。

インスタント食品を家に置く習慣が、私にはない。日頃の食事は健康的な方だと自負している。

お米は玄米で買い、炊くときに家庭用精米機でつど精米する。余ったら小分けにして、冷凍。検査のその日は、冷凍ストックがたまたま残っていたからいいけれど、切らしたタイミングで具合が悪くなったらどうするか。風邪でふらふらで「ご飯と梅干しなら口にできるかも……」という状況で、玄米を計量カップですくい精米機に入れて、精米した米を何回も水を替えて研ぐ、なんてことはしていられない。健康的な食事を作れるのは、健康なときなのだ。

レトルトご飯、カップうどん、インスタント味噌汁くらいは、少々信条を曲げてでも家に置こう。災害時のための備えにもなりそうだ。

大人が知っておきたい季節のことば④

葉

Q. 次の「葉」のつくことばの中で、俳句の冬の季語を挙げて下さい。

①松落葉《まつおちば》　②紅葉《もみじ》且《か》つ散《ち》る　③散紅葉《ちりもみじ》　④銀杏落葉《いちょうおちば》

A. 順番に見ていきましょう。

①常緑樹の松ですが、初夏に新しい葉が出て、古い葉が落ちます。夏の季語です。

②木の葉が色づく一方で、早くも散りはじめているようすです。秋の季語。

③は②より進んで、もっぱら散るばかりのようすや、散り敷いたさまをいいます。冬の季語。

④落ちた後の銀杏の黄色い葉のことで、これも冬の季語とされてきています。

よって③④が正解です。

〈一色に大樹の銀杏落葉かな　小沢碧童〉おびただしい量の葉が落ち、周囲を金色に染めているさまが目に見えるようですね。

神奈川県鎌倉市の鶴岡八幡宮境内にある大銀杏は、有名です。二〇一〇年三月に強風で倒れた後、再生への努力が続けられています。倒れてから五年半後に私は、八幡宮を訪ねる機会がありました。鎌倉虚子立子《きょしたつこ》記念館が主催する第十四回鎌倉全国俳句大会が、境内の直会殿《なおらいでん》で行われたのです。

大銀杏の残った根から若木が伸び、金色の葉を降らせているのが印象的でした。

飯

Q. 次の「飯」のつくことばのうち、俳句の冬の季語はどれでしょうか？

①筍飯《たけのこめし》　②菜飯《なめし》　③牡蠣飯《かきめし》　④零余子飯《むかごめし》

A. 正解は③牡蠣飯。牡蠣のむき身を醤油味で炊き込みます。①は夏、②は春、

④は「ぬかごめし」とも読み、秋の季語です。
日本で主に食されているマガキは冬が旬。食用の歴史は古く、室町時代の天文年間（一五三二〜五五）には、今の広島県の安芸国で養殖がはじまったとする記録があります。

たくさんとれるようになると舟に積んで、安芸国から近く水路の発達した大阪まで売りに出向きました。十一月一日から二月いっぱい、川岸につないだ舟の上で、牡蠣飯をはじめ牡蠣を使った料理を供したのです。〈牡蠣飯の釜画きたる行燈かな　内藤鳴雪〉牡蠣飯が恋しくなる頃は、行燈の明かりにも温かみをおぼえたことでしょう。

調理法は産地によってさまざまです。牡蠣の収獲量で広島県に次ぐのが宮城県。産地のひとつ松島湾は、二〇一一年の震災で被害を受けたものの回復を遂げました。こちらの牡蠣飯は、牡蠣汁で炊いたご飯に牡蠣を載せて、形の崩れていない身を味わいます。

最近では夏が旬のイワガキも養殖が盛んになり、牡蠣飯は通年で、広く親しまれています。

断熱化と健康寿命

住宅の断熱化の促進のため、国やところによっては自治体が、補助金を出していると聞く。

断熱化は健康寿命に関係するという記事も、以前に読んだ。家の中の温度差は、血圧の急な変動をまねき、ヒートショックを起こす危険があるそうだ。高齢者では、温度差の少ない方が活動量が増え、元気を保てると。

わかる気がする。リフォーム前の自宅では、リビングから洗面所や寝室へ行くのに、一大決心が要った。

事は健康、「電気代を気にしている場合ではない」と、歯みがきをする洗面所、寝室と、行く予定のところを前もって暖めておくべく、エアコンを同時にかけると、ブレーカーが下りる。家庭用の電気容量としては大きい六〇アンペアにしても、同様だ。浴室はタイルが冷たすぎ、爪先立って歩くほどで、それよりはマシと、寒風の中自転車をこぎ、スポーツジムの風呂へ入りにいっていた。

リフォームを決断したのも、昨冬感染性胃腸炎を患い、便器の上でマッチ売りの少女のように震えながら「もう次の冬は、こんな思いをしたくない！」と身にしみたからである。

そして迎えたリフォーム後はじめての冬。断熱材を壁と床に張り込み、二重サッシにした家で「家って、暖かいものだったのね」と知る。壁に掌をあてても、前は公園の石像にでもふれるようだったのが今は人肌……はおおげさでも、お酒でいえば常温だ。インナーサッシを開けると、まだ一枚ガラスはあるのに、冷気がさっと流れ込む。前はエアコンでいくら暖めても、窓や壁からどんどん逃げていたのだろう。国の断熱化補助の目的に、省エネが掲げられているのが、うなずける。

今の問題は、家が暖かくて外へ出にくくなったこと。銭湯代わりでもあったスポーツジムは、行く回数が激減した。健康のためには内外トータルでの活動量を維持しなければ。

湿度に注意

湿度計を家や職場でお使いだろうか。ご利用をぜひともおすすめしたい。かく言う私も持ってはいるが、このところ注意を払っていなかった。熱中症との関係で湿度が気になる夏が過ぎたのと、家のリフォームのため、自宅から仮住まい、また自宅へと、転居が続いたためでもある。仮住まいから戻ってもしばらくは、湿度計は懐中電灯などとともに、置き場所の定まらぬまま、リビングのすみにひとまとめにしてあった。

引越しからひと月ほどしたある日、湿度計になにげなく目をやり仰天した。二七パーセント？　見たこともない数値である。「この湿度計、壊れているんじゃないの」と疑い、「そうだ、昨シーズン買った加湿器があったんだ」。探してきてつけると、現在湿度の表示はやはり同様の数値。本当だったか！

油断していた。昨シーズン加湿器を買ったのは、エアコンの風に肌の水分を奪われそうだったからだが、リフォーム後の家は床暖房なので、引越し時の段ボール箱から出してもいなかった。このところどうも目がしょぼしょぼするなとは思いながらも、「できて間もない家だから、接着剤か何かから揮発性のものが出ているのだろう。そのうち治まる」。なんと的外れな受け止め方。風の出る暖房でなくても、乾燥はするのだ。

快適な湿度は四〇パーセントから六〇パーセント、それを下回ると喉や鼻の粘膜を傷めやすく、インフルエンザなどのウイルスも活発になるといわれる。防がなければ。

加湿器を家にいる限りはつけるようにした。これが水を吸うこと吸うこと、驚くほどだ。主観的にはさっき入れたばかりで、もう空になったというお知らせ音が鳴る。床にこぼしたらバスタオルでも拭ききれない量の水が、どこへ消えるのか不思議だ。吸っただけ放散されるはずだが、それでも湿度は四〇パーセント台に乗せるのがやっと。この水分を補うことなしにひと月近くも、よく平気で暮らしていたものである。いや、平気ではなく、しわは増えたかも。

ちなみにわが家は、室内に洗濯物を干せるところがない。夜に洗濯したときは浴室に吊し、浴室乾燥機を運転させるかたわら、「何か変」と思いつつ、寝室で加湿器を使っている。

インフルエンザ警戒

仕事帰りに簡単な食事をとろうと、パスタとピザの店に入った。すぐ後ろのテーブルは六人の若い男性だ。ワイングラスとピザを並べて意気軒昂《いきけんこう》だ。「インフル……」の語句が聞こえて、私は耳をそばだてた。私と背中合わせに座るひとりが武勇伝を語っている。節々がだるくなったが、会社の診療所でインフルエンザとわかると面倒なので、あえてよそのクリニックへ行った。タミフルを飲んだら案外楽になったので、知らん顔して職場に戻った。「で、治ったの？」。別の誰かが訊ねると「あ、今朝はもう熱が下がった」。

話の途中から私は落ち着かなくなっていた。距離が近すぎる。「すみません」。お店の人へ手を上げて、「エアコンの風が直に来るので、向こうのテーブルに移動していいですか」。むろんそれは真の理由ではない。

丈夫さと無頓着ってときにこわい、と思った。熱が下がってもなお感染力はあるのに、だからこそ多くの会社が出勤停止期間を設けているのに。頑張りがきけばいいってものではない。テーブルを囲んでいた五人も、意に介するふうはなく、ピザを手で取り分けたり、再び乾杯のグラスを合わせたりしている。少なくとも三人は数日後、発症するのでは。そして職場に……。くわばらくわばら。

虚弱体質の私は、インフルエンザをとても警戒している。予防接種、うがい手洗いはもちろん、新幹線のような乾燥かつ密閉した空間では、マスクをするのを怠らない。先日もそうして「のぞみ」に乗り、朝食後の消化剤がまだだったので服用するとむせてしまった。粉が変なところに入ったらしく、咳が止まらない。涙目のはしでとらえたのは、隣席の人が鞄を抱えて立ち去る姿。なおも咳き込んでいると、通路を挟んで隣の人も。あ、あの、まだかかっていないんですけど。このマスクもあくまで予防のためで……。

こわがらせて、すみませんでした。

こわい脱水症状

打合せがひとつ中止になった。相手がノロウイルスによる胃腸炎になったとのこと。周囲にもノロウイルスで仕事を休んだという人は、インフルエンザより多い。

私もいつなるかと、こわい。

インフルエンザは毎シーズン早々に予防接種をしているためか、難を避けることができているが、ノロウイルスはワクチンがないと聞く。前はニュースの印象から、保育園や高齢者施設などで集団感染するものと考えていたが、昨シーズン、思いあたるフシが全然ないのに感染して、認識を改めた。身近で、かつ防ぎにくいものらしい。

「症状が酷な割に、これといった薬がないのがつらいよね」と、治って仕事に復帰したばかりの人。「お医者さんに行っても、脱水症状に気をつけて下さい、くらいで」。首をはげしく縦に振る私。

そうなのだ。私も「救急車を呼んでいい事態では。いや、自分で電話をかけられるからにはなんとかタクシーで」というぎりぎりの状態で病院へ行き、どんな強力な薬を投与されるかと思いきや、脱水症状に対する点滴以外は、ふつうの胃腸薬を処方され、拍子抜けした。

そしてこの脱水症状という代物が！　私の主な症状は立ちくらみだったが、これほど暴力的なものだとは。枕から一〇センチでも頭を起こすと、ねじ伏せられるようなめまいと吐き気に襲われる。われながらよく病院までたどり着けたと思う。文字どおり這々《ほうほう》の体だった。

病院へ行くまでの、食事を摂れずに寝ている間、ペットボトルを枕元に置き、水分だけは摂取していたが、それは誤りだった。電解質もいっしょに摂らないといけないのだ。

以来、枕元には常に経口補水液を備えている。封を切らずにこの冬を過ごせることを祈りつつ。

献血にトライ

最寄り駅に降りると、商店街の入口に立て看板が。「献血受付中　全型足りません」とある。そうか、献血という方法があったか。

「このところずっと自分のことで頭がいっぱいだったものな」と省みる。仕事の段取り、生活上のあれこれ、加齢による体力その他の衰えにどう対応していくかなど。少しは人の役に立つことも考えないと。災害のたびにニュースで、瓦礫《がれき》の撤去に駆けつける若者たちの姿をまぶしいものに見ていたが、寝ていて血を採ってもらうだけなら、頑強でない自分にもできるはず。病気をする一六年前までは結構よく献血していたのだ。

立て看板の矢印に従い赤十字の献血ルームに行くと、問診も含め四〇分くらいかかるとのこと。残念、その日は時間切れ。

目前でできずに終わったのが、逆に意欲をかき立てた。泊まりがけでボランティアをする人を思えば、たかだか四〇分を人のために割けなくてどうする。

別の日、夕方の一時間を空け、かつ確実を期し、予約して行くことにする。電話して知ったのは、私は体重制限にひっかかるため成分献血しかできず、それには一時間半ほどかかると。残念、その日もタイムアウト。

三度目の正直で、別の日さらに時間を作り、予約の上、駐輪の仕方まで聞いて出かける。おかげで申込まではスムーズに進んだが、問診の結果、過去に受けた治療の関係で献血は一生できないことがわかった。無知でお騒がせしてすみません！

残念だが、ますます意欲をかき立てられている。献血はだめでも、他に役に立てる方法があるはず。同じ赤十字ならば寄付とか？　同時に思う。かつて何の気なしに献血していたのは、健康だからこそだった。できるうちに、できることをしていこう。

市販の薬で済まなくて

大きな病院の手術件数などの情報をまとめた雑誌や本がよく出ている。「うちからだったら、いざというときはこの病院か」などと思う一方、日頃のちょっとした不調なら、医者に行かずになんとか済ませてしまおうと考えがちだ。

先日は喉が痛くなった。右の奥が特にいがらっぽい。「風邪ってこういう感じからはじまるんだよな。電車の中で咳をしている人もいたし」。市販の風邪薬を飲んだ。

数日しても症状は消えない。右奥に異物の留まっているような違和感が常にある。食べかすでも喉の凹《くぼ》みに入り込んでいるかと、綿棒でつついてみたが何もなし。この変に粘膜を刺激したのもいけなかったのだろうと気づいたのは後になってから。そのときは「異物ではないとすると、やはり風邪か」。風邪ならば鼻水、痰と移行し、やがて治ると楽観視していた。

が、鼻水も熱も出ず、ひたすら喉が痛いだけ。しかもだんだん悪化する。風邪薬の服用と併せ、うがいを励行したが効き目がない。というより、うがいにならない。粘膜が腫れて厚くなっているために、うまく振動させられないのだ。うがい薬を薄めた水を溜め、上を向いて喉を震わせても、ガラガラと盛大に鳴らすことができず、左奥で不景気な音を立てるだけという情けないありさま。

喉が痛いと食欲まで減退することを知った。ご飯粒がふれても涙がにじむ。

一週間しても改善せず、ついに医者に行くことにした。風邪らしい症状の展開がないからには、内科ではなく耳鼻科だろう。近所の人に聞くと、アレルギーの人が多い今、耳鼻科は花粉症の季節に限らず年中混んでいて、二時間待ちはざらという。町内の耳鼻科をネットの口コミサイトで検索して、「空いています！ いつ行っても待たずにすぐ診ていただけるのは本当に助かります！」とのレビューの載っているところにした。高評価の理由が「空いているから」とはやや不安だが、開業して日が浅いためと解釈する。

結果は正解だった。先生はひと目見て「あー、腫れていますね」。膿《うみ》があるかどうかを調べるため注射器で中身を吸引するが、「麻酔がどうこういう状態じゃないので、ひと思いに行きます」。たしかに麻酔を塗るのも痛そうだから、一回痛いのは同じだ。覚悟を決め「はい、ひと思いに行って下さい」。

ご飯粒がふれても痛い患部に、太い金属針を深々と挿し、探った挙げ句「膿はありませんでした」。抜き出して逆さにした注射器は、針にも管にも血がダラダラと垂れ、その光景はシュールですらあった。

処置室にて吸入器で癒やされ、処方された薬を飲んだら、一時間せぬうち治った。一週間何をしてもだめだったのに、すごい効き方だ。

市販の薬と自己判断でどうにかしようと頑張らず、今後は早めに専門家を頼ることにしよう。

お医者さんにいてほしい

健康で暮らしているぶんには、医療はどこか遠いものだ。病気や怪我をすると、とたんに変わる。自分の体のことなのにどうにもならない無力さを思い知り、この痛み、この苦しみを一分でも早く取り除いてほしいと願う。

腸の手術をしてから十年くらいは、特にそうだった。切ってつないだところが狭くなっていて詰まりやすく、詰まるともう、病院で鼻から管を通し入れ、中のものを抜いてもらうしかない。救急外来の寝台で、身の置きどころのないつらさに輾転反側《てんてんはんそく》しているとき、視界のはしに白衣が映ると、「助かった」。処置のまだはじまらないうちから、救いの光が射すような。おおげさなようだが、その瞬間、医師が神様にも見えるのだ。

だが医師は、当然ながら神ではない。

「赤ひげ」は理想の医師のイメージとしてよく言われる。山本周五郎の小説『赤ひげ診療譚』が原作で、映画や芝居でも繰り返し上演されている。小石川養生所の老医師で、貧しい人を無料で診療する。長崎へ留学してきたエリート医師は、当初彼に反発しながら、やがて彼と同じく体だけでなく心にも寄り添う医師になろうとする。

でもそれを単なる美談としていいのか。赤ひげと対照的だった医師がヒューマニズムにめざめて目出度し目出度し、でいいのか。

医療の現場では、志がありながら燃え尽きて病院を去る医師が後を絶たないという。過酷な勤務条件のもと、人の命を助ける使命感と責任感で診療をしてきた末に、バッシングを受け心が折れてしまう人もいる。

手術でひと月近く入院していた間、医師が夜間や土日も病室に顔を出してくれるのが、ありがたくはあったけれど「この人たちの休みはどうなっているんだろう。この人たちの健康は？」と考えざるを得なかった。なので前進座の「赤ひげ」の芝居を観て、老医師のこの台詞が印象に残った。「自分の命を粗末にしておいて、人の命をだいじにできるものか」。

理想の医療の実現が、医療提供者の献身や犠牲的働きのみにかかっているなら、基盤はあまりに脆弱だ。彼らが力尽きたとき、医療は崩壊してしまう。

赤ひげは患者である大名に法外な治療費を要求する。本来の医の心は、富める者にも貧しきにも同じように向き合うこと。医師の職業倫理を書いた「ヒポクラテスの誓い」にも、その精神が表されている。

赤ひげはそれに反して、大名から金をせびり取る。貧しい人への診療を維持するために。大名の前へ平然と手を突き出すしぐさは、憎々しくあればあるほど、神ならぬ人である彼の苦悩を体現しているようだ。理想と矛盾する制度との板挟みである苦悩。

日本の医療はこの数十年、振り子のように揺れてきた。かつて「由《よ》らしむべし知らしむべからず」、患者にすれば「お任せ」医療であったのが「説明と同意」へ。患者も病気や治療法を知り、自分で選択をしなければならなくなった。医療事故や薬害が報じられ、患者の権利意識が高まり、「お任せ医療」の反動のようにバッシングが起きた。

やがて対立から協同への流れも生じる。ある県立病院で小児科が閉鎖に追い込まれそうになったとき、いち早く動いたのは子育て中の母親たちだった。夜間に救急で診てもらわないといけないのはどんなときかを勉強し、医師の負担を和らげる。ほんとうに必要なときに必要な治療を受けられるようでありたいから。医療を守ることが、自分たちや家族の健康を守ることだと気づいたといえる。

病んだとき傷ついたとき、診療を拒むことなく、できればやさしく受け入れてほしい。介護していた親が夜間に具合が悪くなったとき、切実にそう思った。切実な願いだ。だが患者にやさしく医療者に過酷な現場は続かないし、ほんとうに安心して命を預けることができるだろうか。

若い頃に『赤ひげ診療譚』を読んだときは、特に心を動かされなかった。わかりやすすぎる話として、どちらかといえば反発をおぼえた。今は違う。

ひとりの赤ひげを待望しない。理想の医療を支えるのは制度と市民。そう感じている。

心の居場所

「実は医者の不養生そのものでお恥ずかしい限りですが、転移を伴う進行胃がんがみつかり、入院して抗がん剤治療中です」

西村元一《げんいち》さんから来たメールに私は目を丸くして、何度も読み返した。金沢赤十字病院の副院長で消化器のがんを専門としてきた先生だ。二〇一五年五月というメールの日付からして、亡くなる二年前である。その年の十月に金沢で行われる講演会の件でやりとりしており、その何回目かのメールの、連絡事項の後に書かれていた。

まさか当事者になっていたとは！　先生はかつてある患者さんから「がんになったことのない先生に、俺の気持ち、わからんやろ」と言われたことを気にしていたが、何もほんとうに体験しなくても……。しかもこのままなら余命半年という厳しい状況。なのに、変わらず活動しているとは。

二〇一七年五月末のご逝去を報じる新聞記事には、がん専門医で一五年三月、自身にがんがみつかってから、がん患者や家族が集える常設支援施設を設立し……とある。

それは間違いではないけれど、時系列がわかりにくい。自らががんになる前から、そうした場の実現を模索していた。そのひとつとして一三年十月の「金沢一日マギーの日」に声をかけていただいたのが、西村先生とのご縁のはじまりだった。

最初は何だろうと思った。金沢一日マギーって？

聞けばイギリスのマギーズセンターのような場を金沢に作りたいと、西村先生をはじめとする医療職、患者や患者の家族、市民が「がんとむきあう会」として活動していると。マギーズセンターとはがんを抱える人の「第二のわが家」をめざし、一九九六年にエジンバラに最初の施設が建てられてから、世界二〇ヶ所余りで展開されている。金沢でも常設はすぐには無理でも、一日限定で交流の場を設け、理解を広めているところという。

がんを経験していた私は、その趣旨に深くうなずけた。病院では医療職のかたがたに守られているが、退院すると、よるべない思いにとらわれる。病院の外に、町の中に、患者や家族どうし、あるいは専門職の人ともつながれる場があれば、どんなにいいか。

次から次へ診察室に来る患者さんの治療で心身ともいっぱいいっぱいのはずの医師が、患者のそうした必要に気づいてくれていることがうれしく、「行きます」と二つ返事で引き受けた。私ががんになった二〇〇一年はまだ、患者の心のケアにようやく目が向けられはじめた頃。東京で上述の必要に早くも気づいた医師、故竹中文良《ふみよし》先生がはじめた交流施設に、私は通い、つながる場のあることがいかに支えになるかを、身をもって感じていた。

一三年におじゃましたときはまだ夢に近い段階だった金沢マギーが、西村先生の進行がんという事態で、いっきに加速。一日限定から常設化へ、予想外の早さで実現した。そこにはがんになってからの先生の口癖「僕にはもう〝いつか〟はない。だから今」があったが、それに全力で応えたお連れ合いや「がんとむきあう会」の仲間にも敬服する。一六年十二月一日にオープンした施設の名は「元ちゃんハウス」。

「元ちゃんハウス」に感じるのは、金沢への愛と誇りだ。「金沢らしいマギーを」が西村先生やお仲間の合い言葉だった。がん医療は均霑《きんてん》化、すなわち全国どこでも同じ質の治療を受けられることがめざされるが、心の居場所には、文化や人間関係のありかたを含む地域特性がだいじだと、考えたのだ。地域特性の中には、年老いた親だけが金沢に残り、子どもたちの同席なく治療の話を聞くといった状況も含まれる。そうした高齢の患者さんのサポートも、西村先生の視野に入っていた。

ご逝去からひと月後の一七年六月、「元ちゃんハウス」を訪ねた。兼六園にほど近い石引町《いしびきまち》。ビル一棟がまるまるハウスで、三階のサロンルームの入口には小さな坪庭があり、まちなかの家のよう。室内は木を基調に、珪藻土《けいそうど》の壁、間接照明、欅《けやき》の一枚板のテーブル、座り心地のいい椅子やソファ。建築家も加わって、空間づくりから心を開きやすい場をめざした。

印象的だったのは、椅子やソファの形が揃っていなかったこと。同じようにがんとむきあわなくていい、みんな違っていいのだと伝えているようで。もうひとつは、窓辺に畳のスペースがあったこと。金沢らしさと同時に、次のメッセージも感じた。ここに来たからといってみなでひとつのテーブルを囲まなくたっていい。ひとりでただ外を眺めているだけでも。

私が行っていた東京の交流施設も、医師の竹中先生が私財を投じて作ったものだが、通いやすい立地だとどうしても、都心の雑居ビルの一室になる。竹中先生はよくそのことを気にしていた。すでに旅立たれた竹中先生に「金沢ではこんな施設ができたんですよ」と報告したい。いや、もう向こうで語り合っているかも。がん患者・家族の心の支援の先駆者と、新しい形を付与し、押し広げた第一人者とで。

それぞれが自分らしくいられる場所があるってすてき。「元ちゃんハウス」がそう告げている。

囲炉裏のあるデイサービス

縁側が回り廊下になっている古い日本家屋。利用者とスタッフの談笑する居間の隣は、囲炉裏のある部屋だ。神奈川県横須賀市にあるデイサービスの施設「デイまちにて」。

こんな施設が近くにあったら、父を連れていってみたかった。そこに身を置くことで父は何かが変わっただろうか。「デイまちにて」を営む上野冨紗子《うえのふさこ》さんという人の本『認知症ガーデン』（上野冨紗子&まちにて冒険隊著・新曜社）をそんな思いで手にとった。施設の認知症の人たちとの関わりから感じたこと、考えたことが綴られている。

秋山さんという男性は、以前は町内会の役員をしていた。いくつものデイサービスで断られてここへ来た。家にいるとき、昼間はダイニングテーブルから棚へ、紙類や筆記用具を運んでは戻すことの繰り返し。夜は妻の箪笥の衣類を引っ張り出し部屋じゅうに広げる作業に毎晩没頭する。自分の家族であったなら、途方に暮れてしまいそうだ。

高校時代、優等生から一転不登校になり、ひきこもっていた体験のある著者は、その頃の自分を振り返りながら考える。秋山さんの日課は、他人の目には変わってしまったとしか見えなくても、変わらぬ自分がここに居ることの確認ではないだろうか。

上野さんが秋山さんのお宅を訪ねたときは作業を中断し、客間で著者に対応し、帰りには玄関まで送るというふるまい方をした。社会で居場所をなくしても、配慮、気づかい、マナーといった社会性は保たれているのだ。

五年間のあいだ毎週末、父の介護に携《たずさ》わった私も、同様のことを感じた。父は夜中でも、今は寝るべきときという不文律のようなものが通じずに、起きてテレビをつけてしまう。一方で夜中に鼻血を出し、眠っている私を起こす際には、遠慮がちで申し訳なさそうだった。

上野さんは言う。認知症の人が失ったのは「きまり」を探り合うという今ふうの社会的「まなざし」。配慮、気づかい、マナーといった社会的「まなざし」は持っている。そしてそれこそが本来的な社会性なのではと。

それはこう問うことでもある。「まなざし」のやりとりにより際限なく「きまり」を探り合う今の私たちの社会が、ほんとうに居心地のいい場所なのかと。

自分の側は変わらずにやさしく接すればいい、とするのは傲慢だと上野さん。その指摘が、胸の奥にずっと残っている。介護を通し、私は少しは変われただろうか。介護以外でもそうした傲慢さを持っていないだろうかと。

介護のあとで

知人から聞いた話である。九〇近い母親を在宅で介護していた。

ふだん冗談のひとつも言う母親が、ある日、なんとなくぐったりしたようすで、ベッドから出たがらない。「食べれば元気になる」と信じてお粥を作り、寝ている母親の口へひと匙《さじ》ひと匙運んでは、入れていた。

熱が上がって病院へ搬送してから、そう話すと医師から大目玉を喰らった。なんてことをするのか、誤嚥《ごえん》性肺炎を起こしているのに、肺炎のもとをせっせと注ぎ込んでいたようなものだ、と。

私たちの多くは、看護のシロウトだ。知識をまったく持ち合わせない者が、人の命を預かる危なっかしさ、こわさを、私も父親の介護で常に感じていた。九〇で亡くなるまでの五年間、きょうだいたちと力を合わせ在宅介護をした。私は週末の担当だった。

昼間は室内用車椅子で過ごす父を、夜ベッドへ移す。痩せてきているとはいえ、大人の体は重い。どこをどう持って、引っ張り上げればいいか。痛いばかりで助けになっていないのでは。無理すると骨が折れてしまわないか。何をするにも、おっかなびっくり。父の表情は、ときに苦行に耐えている人のようだった。

訪問看護師さんを頼んだら、姉と二人がかりでも風呂に入れるのが難しくなっていた父を、ひとりで支え浴室へ連れていくのに驚いた。愛情では補いきれないものがある。

五年間を振り返ると、高齢者の体の変化や起こりやすい事態についての知識、それに対応する技法を、もう少し身につけていれば、安全で本人にも快適な介護が提供できたのではと悔やまれる。家族の物語として語られることの多い介護だが、必要なのはそうした情報の普及だと感じている。

転ばぬ先に

外を歩くのが楽しい季節。スポーツ公園へと散歩の足を延ばすと、雲梯《うんてい》が目にとまった。はしごを横にしたようなバーに懸垂して渡るものだ。懐かしい。小学生の頃よく遊んだ。コートもなく身軽な服装なのが、私の心に弾みをつける。久しぶりにやってみるか。

はしっこの足がかりに乗って、両手でバーを握る。右手を支点に体を前へ振り出すべく、左手と足を離すと……ドタッ。地面に叩きつけられていた。勢いよく宙をスイングし、指先がバーにふれた左手が惜しくもつかみそこねて……ではない。右手一本でぶら下がった瞬間、落下していた。

「痛テテ」。うずくまったまま信じがたい思いでバーを仰ぐ。右手だけでは自分の体の重みすら持ちこたえられないのか。雲梯はかつて得意だったのだ。バーを二本抜きで、はしからはしへ猿のように素早く行き来していた私はどこへ？

似たようなことは、ついこの前もあった。タワービルにある訪問先に遅刻しそうで、一台逃すとなかなか来ない高層階行きエレベーターへ駆け込んだ。ドアが閉まると「ハア、ハア、ハア、ハア」。無言の空間に、自分の荒い息だけが響く。肩は周囲にはっきりとわかるくらい激しく波打っていて、二一階に到着するまでおさまらず。

非常に極り悪かったが、エレベーターホールで足がもつれて転ばなかっただけでもよしとしなければ。運動会の親たちの競技で、このグラウンドは穴でもあるのかと思うほど、次々と転倒者が出るのもわかる。気持ちばかり先走り、体がついていかないのだ。

昔の自分のつもりでいると怪我をする。肝に銘ずるとともに、このところ不足していた運動量を増やすことを決意した。

足のアーチ

「痛っ」。夜中トイレへ行こうとし、ベッドを下りた私は、その場にうずくまった。右足を床につくと痛くて立てない。膝歩きしてトイレとを往復し、ベッドに戻って呆然とする。寝る前から違和感があったが、まさか歩けなくなろうとは。スマホで近所の整形外科を探し、朝いちばんで受診することにした。

クリニックまでどうやってたどり着くか。タクシーを頼むとしても、車までは左の片足跳びで？　いろいろ試したところ、右足の前半分に体重がかかると痛いが、かかとは床につけられるとわかり、かかとを引きずって玄関へ。そこから先は自転車だ。クリニックのあるビルの入口で自転車を降り、壁に手をつきつきエレベーターに乗ると、中の人が目を丸くし、両側にさっと分かれた。

診断は筋膜の炎症。私の右足は甲が盛り上がった、いわゆるハイアーチだが、そういう足の人が歩きすぎると、見られることらしい。たしかに前日、都内各所に用事があり、地下鉄の通路、階段とよく歩いた。歩くのは苦にならず、満員電車でじっと立っているよりひと駅歩く方が好きなほどで、だからこそ「足が痛くて歩けないという事態が、この私に起きるなんて」と呆然としたのである。

炎症を治す湿布と併せ、パッド付きサポーターを処方された。土踏まずの凹みをパッドで埋めるもので、これをすると来たときとは別人みたいに歩ける。なるほど足裏全体で支えれば、痛いところに体重がかからずに済む道理だが、こんな単純なしくみで、ただちに歩けるようになるとは。「靴を替えただけで、歩けなかった人が歩けた」という話をまま聞くが、あながち誇張ではないのかも。中敷きが足の形とうまく合い、体重が分散されるものと推測する。

炎症は幸い、すぐに治まった。これからは自分の足の形の特徴に注意を払い、元気で歩き続けよう。

歩けないとは！

知り合いの女性に久しぶりに会い、挨拶代わりに聞いた。

「相変わらず走っている？」

その人の趣味はランニング。マラソン大会にもよく出ている。続けているものと思いきや、膝を悪くして休んでいるとのこと。痛みをおぼえて医師の診察を仰いだら、変形性膝関節症だった。膝の関節の軟骨がすり減って炎症を起こしている、走るのはしばらく止めるようにと言われたそうだ。

本人としてはまったく意外。マラソンは五十代からはじめたにもかかわらずタイムはどんどんよくなって、「私って走るのに向いていたんだ！」。

ランニングをはじめた時期こそ遅いが、学生時代も部活はスポーツ。「じょうぶで運動が得意」というのがセルフイメージだった。その自分がまさか、膝が痛くて走れないなんてことがあろうとは。

診察に当たった医師の説明では、変形性膝関節症になりやすい因子に、膝への負担の大きいスポーツ、足に合わない靴、そして加齢がある。中高年、とりわけ女性に多く、六〇歳以上の女性では四〇パーセントが患っているという統計もあるという。他人事ではない！

私も膝ではないが、似たようなことがあったのは先述のとおり。夜中に突然、歩けなくなった。

寝る前から右足を床につくと、なんか痛いなとは思っていた。土踏まずより前の方だ。でも、

「まあ、ひと晩たてば治まるだろう」

ベッドにもぐっても、どうも違和感があり寝つけない。

浅い眠りのまま過ごし、夜中トイレに行こうとベッドから下りて「痛っ」。右足を床につくや刺すような痛み。

立つに立てず、膝歩きで移動した。

トイレからベッドに戻り、考える。骨にひびでも入ったか。特にぶつけたおぼえもないのに。

どうしよう。翌日も代わりのきかない仕事。翌々日は飛行機で出張だ。空港までタクシーで行くのは、時間もお金もかかるが仕方ないとしても、その先は。現地で用を

なせるのか。不安が胸に押し寄せる。

　とにかく朝いちばんに病院へ行こう。代わりのきかない仕事は午後からだ。寝たままスマホでいちばん近い整形外科を調べて、夜の明けるのを待った。

　クリニックまでは、なんとかたどり着かないと。家の中でいろいろ試す。壁に手をつき左足でケンケンすれば前進できるが、壁のないところでは傘？　傘の先が滑れば目も当てられない。

　歩くとは、二本の足に交互に体重をかけて前へ進むこと。ふだん意識することもなかった、二足歩行のしくみが身にしみた。

　よくよく観察すると、痛いのは土踏まずより前を床につくとき。かかとだけならなんとかつける。左足を前に出し、右足はかかとだけつき引きずっていく。かかとをつければ自転車にも乗れる。自転車の方がタクシーより、クリニックのあるビルの近くまで行ける。

　ビルの入口で自転車を降り、そこからはエレベーター。エレベーターに乗り込むと、周りの人がさっと避けて道を開けたから、よほど人をたどろがせるものが、そのときの私のようすにあったのだろう。押しの弱い私はエレベーターでは「開」ボタンを押し最後まで待つ役回りになるのが常だが、みなに先を譲られて、いちばん最初に降りたのだった。

クリニックでレントゲンを撮った結果言われたのは、右足の甲の骨がやや変形して周辺の筋膜に軽い炎症を起こしている、と。

「長歩きしませんでしたか？」と医師。

意外であった。言われてみれば、前日用事であちこち回り、合計すればかなり長く歩いたが、自分としては充分に可能な範囲。息が上がってしまったわけでも、嫌になって途中休みたくなったわけでもない。もともと歩くのは苦にならず、満員電車に乗り続けるより、家までの距離が少し長くなってもいいから、ひと駅手前で降りて歩いて帰る方が気持ちいいくらいである。「歩ける方」のつもりでいた私が、長時間歩いたくらいでそれがままならなくなろうとは。

ランニングにドクターストップのかかった女性を思い出す。「体の声を聞きましょう」とは、いかに「言うは易く、行うは難し」であるか。その人も私も、好きでしていることが体に負担をかけているとは、考えもしなかったのだ。

幸い午後の仕事も翌日の出張もキャンセルをしないで済んだ。クリニックから帰るときすでに、右足を引きずらずに歩けるようになっていた。炎症をおさえる湿布を足の甲に貼り、厚みのあるパッドつきのサポーターを装着して。パッドを土踏まずに当てて、凹みを埋める。そうすると土踏まずの前に体重がかからない。

サポーターは少なくとも次の診察までは、ずっと着けているようにと。歩くときの負担を軽減するだけでなく、骨の形を整えていくものでもあるそうだ。次の診察は二週間後。その間長歩きは控えるようにとも。メールであれば「泣」の顔文字を入れたいところだ。

これからは歩こうと張り切っていたのに、とても残念。歩かないと太るのでは、との心配もある。

でも焦りは禁物。ずっと付き合っていく体だ。「歩ける方」「得意」「これくらい何でもない」「できるはず」といった過信を封じ込め、好きなことを長く楽しみ続けたい。

大人が知っておきたい季節のことば⑤

茶

Q. 次の「茶」と植物を含むことばの中で、俳句の春の季語はどれでしょうか?

①山茶花《さざんか》　②茶《ちゃ》の花《はな》　③梅見茶屋《うめみちゃや》　④茶梅《ちゃばい》

A. ①はサザンカ。②はチャノキの花で、①と同じツバキ科であり、ともに初冬に咲きます。この二つは冬の季語です。

梅は早春、百花に先がけて咲くことから、春を告げる花として古来親しまれてきました。桜の花見は、車座になって賑やかに楽しむのに対して、梅は少人数で逍遥し、静かに愛でるのが特徴です。この時期よく梅の名所には、歩く人が休憩できるよう、簡素な茶屋が設けられます。③梅見茶屋が正解の春の季語。④茶梅は「ちゃばい」と読み、山茶花の漢名です。

郊外の梅の名所には、民家の庭や農家の梅林を、この時期だけ開放するところも多くあります。〈縫ひかけの物が床几《しょうぎ》に梅見茶屋　潮原《うしおばら》みつる〉の句に見られる生活感や素人っぽさも、梅見茶屋の味わいのひとつです。

筆者の小説『カフェ、はじめます』の主人公も飲食店を営むのは未経験。縁側のある昭和の民家にひと目惚れして、おむすびとお番茶を出す店をはじめるまでの奮戦記です。

元の気に戻す

「さっきからずっと家じゅうに、モノを配って歩くみたいなことをしていない？」。一日の終わりによく思う。その日使ったものをしまうため、部屋から部屋へと動き回る。

バッグの中身も、財布、名刺入れ、手帳などはひとまとめにしておくが、それ以外の、日によって違う持ちものが結構ある。

折りたたみ傘を玄関収納に戻し、保冷バッグをキッチンに戻し、ストールをクローゼットに戻し、日焼け止めクリームを洗面所に戻し、書類を本棚に戻し……。出かけるときは急いでいるのでほぼ無心だが、片付ける段になり、こんなにもあちこちからモノをかき集めてきていたのかと驚くほどだ。

元の場所へ運んで、形を整え、入れることを繰り返していると、一〇分や二〇分はあっという間。一日のうちどれくらいの時間、モノをしまうのに費やしていることか。

今日じゅうに片付けなくても、何も死ぬわけではない。後回しにして消耗を防ぎ、明日に備える方がいいのでは。

そう考え、ある晩サボることにした。出張から帰ったキャリーバッグを、歯ブラシだけ抜きそのままにして寝る。

翌朝、着替えのはみ出たキャリーバッグが床にあるのを見て、どっと疲れをおぼえた。そのとき悟った。しなくていいようでいて、やはり必要なプロセスなのだと。

元気は「元」の「気」と書く。一日の活動で昂ぶったり乱れたりした気が、本来の状態に立ち返る。モノを所定の位置に戻すのは、その象徴的行為である。元気を「もらう」とよく言うが、私にとって元気はまずリセットすることだ。睡眠時間が多少短くなっても、今日のうちに戻すようにしていこう。

今だからお稽古

何かを教わる。新鮮で、胸ときめく体験だ。背筋を正し少しかしこまって初対面の師を待っていた、学舎《まなびや》の春を思い出す。こんな心持ちは、いつ以来だろう。

師にお迎えしたのは津田陽子《つだようこ》さん。「かがくと作法」を重んずる菓道を広めている。ご指導いただくのは究極のスフレ生地。

調理台に整えられたお道具といい、軸のある立ち姿といい、佇まいそのものが、シンプルで美しい。空間をともにしたときから、学びはすでにはじまっていた。

「作法」にはすべて意味があると知った。ホイッパーは柄を握らず、ワイヤーのつけ根あたりを指で持つ。ボウルの底を叩かずに、ボウルを支える指を起点に、対角線上へ払うようにする。素材にストレスをかけず、素材の力を最大限に引き出すためだ。

「かがく」は、何百回または何分間混ぜるといった、数値化ではなかった。ホイッパーから垂らす生地の堅さ、ボウルを打つ音。五感をはたらかせて確かめる。五感のいかに限られた部分しか、ふだん使っていないかを、余計な力がいかに入っているかも、実感した。

大人なら誰しも、身につけてきたものがある。決まった段取り、習慣として定着している方法。料理のように日常的なことなら、なおさらだ。一から学び直すのは、勇気が要るし、プライドが拒むこともあろう。でも思いきってリセットした先に、自分をもっと楽に、もっとゆたかにするものとの出会いが待っているのかも。

過去に執着せず、まっさらな心で、違ったものを受け入れていく。これからのエイジングを支えていく態度に思える。

水分たっぷりの卵と油分であるバター。異質なものどうしを、見えないところまで理解してつなぐ菓道は、人付き合いにも通じる「人間力」を養うと、津田さんは仰有《おっしゃ》った。師の教えに近く深く接し、単なる技法にとどまらぬものを伝授される、得難い時間。「夢」の教室たる所以《ゆえん》である。

レッスンにはまる

ジム通いを再開してから、利用の仕方に変化が起きている。以前はほとんどマシンを利用していたが、今はもっぱらレッスンだ。スケジュール表をもらって、出たいレッスンにいくつも印をつけている。

かつてなら考えられない。

マイペース派の私。レッスンスケジュールに合わせて行動するより、自分のつごうのいいときに行ける方がいい。ひとり暮らしで、日頃の仕事も基本はひとり。団体よりも個でできるものが向いている。そう思ってのマシンだったが、いつも同じではさすがにマンネリ化してくる。ときには違う筋肉も動かす方が、トレーニング効果は高いのでは。

たまたまはじまろうとしていたステップ台を使うレッスンに出てみて、はまった。音楽が流れてくると、それなりに気分がのるし、ひとりなら「もう充分。このへんで止めよう」とリタイアしそうなつらさでも、人といっしょだとなんとか乗りきり、最後までできる。

参加するレッスンの種類も広がった。ダンス系は「リズム感のない私には向かない」「そもそも踊りを楽しみたいわけではないし。鍛えるのが目的だし」と当初眼中になかったけれど、参加予定のレッスンが急遽《きゅうきょ》変更になり、出てみたところ、これまたはまった。ワンテンポ遅れたって汗はかけるし、筋トレの要素もあるとわかったのだ。

昔、企業の採用教育を担当していたとき、就職希望の若者が自分の適性をずいぶん狭く限定していることに驚いた。英語劇をしていたから英語を使う部署を志望、というように。が、五十代の自分も似たようなものだったと気づく。向く、向かないの思い込みで、いろいろな可能性を排除していた。

不慣れなことに尻込みしがちな年齢になっていっても、諸事に心を開いておこう。そう思った。

これも挑戦

スポーツジムでは、行くと必ず風呂に入る。壁にカランとシャワーが並び、一〇人ほどが入れる浴槽がある。

その日も湯につかっている人の前を通り、少し離れて身を沈めた。浴槽にはその人と私の二人だけだ。

抗がん剤の治療をして、さほど間のない人かと思う。横切るとき、ちらと目にしただけだけど、遠くからはスキンヘッドに見えた頭に細く短い毛が生えていた。産毛のようにやわらかそうなのが、ヘアスタイルとして刈り上げた髪とは違う印象だ。

温泉旅行を何度かいっしょにした乳がんの女性がそうだった。服を脱いだ最後に「ちょっと失礼」とカツラを帽子のようにとり、脱衣かごに残して先に立ち風呂へ入る。「頭にタオルを載せるとかシャワーキャップをかぶるとかもしたけれど、人って隠そうとするとかえって見たくなるみたい。堂々としているのに限るなと思った」

ジムの女性と同じく、スキンヘッドに近い頭であった。

カツラはけっこう蒸れるそうで、温泉に二度目にごいっしょしたときは、脱衣所に入るなり、「暑《あ》っつーい」。服より先にカツラをとって、扇風機の前に陣取った。ジムの風呂では、その後も同じ女性を見かけた。カランに向いて、黙々と体を洗っている。

挑戦しているのだ、と思う。風呂以外で会ったことがないので、スポーツをしているかどうかはわからぬが、ジムで風呂に入ることそのものが挑戦だ。

もう一五年前だが、私もがんの治療後、はじめてジムの風呂に入るときは、身構えていた。ついこの前までいた病院とは、まったく違う環境だ。周囲は元気いっぱい体を動かし、輝くばかりの汗を流している。健康な人の集うところであって、自分だけ場違いなような疎外感と、

「でも日常生活を再開し、社会参加もしていくためには、こういうところにも進んで入っていかなければ」

みたいな、妙に力の入った決意めいたものを、いちいち持って臨んでいた。

髪の抜ける治療はしていないが、腹には縦一直線に大きく切った痕があり、色も赤くて目立つことは目立つ。見る人は驚くかもと思いつつ「堂々としているのに限る」という知人にならい、隠さずにいた。

臆するところは今も実はあり、これは一五年間文字にしないできたが、もう書いてしまうと、私は下腹部の前の毛がほとんどない。一直線に切った下の方は、そこまで及んでいる。手術に際し完全に剃《そ》り、一五年経った今、傷の赤さはもうないが、皮膚のくっついた痕はつるつるして、毛は生えてこなかった。

これはある意味、手術痕そのものより気後れする。傷が赤かったうちは、一瞬驚かれても「あー、お産か何かでメスを入れたんだな」と解釈してくれようけれど、これでは何だかわからない。治療で眉のなくなった女性が、友だちに「その眉、変だよ。剃らない方がいいよ」と笑われ、はじめて、ファッションや趣味でしていることと思われているのを知った、と話していたが、それと同じ状況だ。

かといって「これは治療の影響です。好きで剃っているのではありません」といちいち説明して回るなんてあり得ないから、放っておいている。ジムの風呂に来ているスキンヘッドふうの女性も、そうした状況にまさに慣れようとしているのでは。

私も同じ病気をしたと、声をかけることはないけれど、挑戦をかげながら応援したい。同時に気づく。「来ている人は、私以外みな健康」と疎外感に似たものを抱いていたあの頃も、さまざまに自分と重ね合わせる人が多くいて、口には出さず応援してくれていたに違いない。

ホームで、自宅で

郵便受けにチラシが二枚入っていた。配布員が投函していったものらしい。重ねて押し込まれてあるのを引きはがしてみれば、この二枚、広告の方向性が正反対なのだった。

ひとつは老人ホームの案内で、もうひとつは「老人ホームを考える前に」とある。住み慣れた自宅でいつまでも安心して暮らすために、困ったことができたら二四時間頼めるサービスらしい。

「時代だなあ」とつぶやく。すすめている内容は逆だが二枚はともに、高齢者の独居あるいは高齢者のみの世帯が多いことの表れだ。時代といっても昨日今日のことではない。思い返せば、社会の高齢化が進みつつあった十年ほど前も、似たようなチラシを見たおぼえがある。

二枚のうち後者に似た、自宅での暮らしをサポートするもので、「実の娘みたいにわがまま言っていいの？」「どうぞ何でも」といったうたい文句が載っており、そのときは「実の娘だったら、わがままを何でも言っていいのか」と微妙な気分になったから、四十代だった私はまだ「娘」の方に自分を同化していたのだろう。

親の介護も終えた今は、完全に高齢者の立場で、チラシを見ている。実際チラシに示されている「いざという時」の例が、五十代の私にはすでに「あるある」なのだ。テレビが映らなくなった、理由がわからないとか。タンスの裏を掃除したいけど、重くて動かせないとか。身につまされる。タンスどころかコップに味噌を湯で溶くのも、体調の悪いときはやっとだった私である。「そこのコップに、冷蔵庫の味噌をひとすくいとって、やかんで沸かしたお湯を注いで、かき混ぜて下さい」に応えてくれるだけで、大助かりなのだ。

ホームと並んでそんな選択肢もあることを視野に入れつつ、しばらくは工夫で乗りきろう。

家はお荷物？

マンションを買ったのは三十代半ばのこと。用心深い性格なので、決断に至るまでは、かなり真剣に悩んだ。

それまでの賃貸の家が、住み心地が悪かったわけではない。むしろ良すぎて、一〇年以上居ついてしまったほど。でも、何といっても借り住まい。一〇年以上ともなると「家賃がただ右から左に消えていくのは、もったいない」と感じてきた。

月一〇万円として、年に一二〇万円。一〇年で一二〇〇万⁉　更新料も合わせれば、相当な額である。「家なんて何千万円もの買い物、私にできるはずない」と思うけど、一千万円を超えるお金を、すでに払ってきているわけで。来る日も来る日も働いて得たお金が、払っても払っても何も残らないなんて、むなしすぎる。

賃貸は、気楽なことは気楽だ。三十代のシングルだから、この先結婚するかもしれない。子どもが生まれ、独り立ちし、再び夫婦二人になってと、人数も増えたり減ったり。そのときどきの暮らしのサイズに合う家を借りていけばいい、という考え方もあるだろう。

けれども、ほんとうに「気楽」かどうか？　先々を思うなら、シングルのままの可能性もあるわけで、仕事だっていつまで続けられるかわからない。夫がいたってリストラされるかもしれず、リスクは同じ。その先さらに年をとれば、収入は確実に減る。貯金をとり崩しながら、いつまで家賃を払っていけるのか。その不安を常に抱えていては、おちおち長生きもできないだろう。「気楽」だなんて、とても言えない。

ローンも不安は不安。ただしローンには、終わりがある。賃貸との大きな違いだ。ローンを背負うのもプレッシャーだが、家賃を死ぬまで払い続けないといけない恐怖に比べれば、こっちの方がまだ「気楽」では？

今買って、先々後悔するかどうかはわからないけれど、ここまでに書いてきた考えを経て決断した。

そのときは遠い先々であった五十代に実際になり、今の私は、少なくとも現時点では言える。後悔はない、と。

購入で変わること。生活の質が上がった、というより上げた。

例えば家の中をきれいにするようになった。賃貸の頃は、今ほど掃除に身が入らなかった。「しょせん借り物。傷んできたら引越せばいいんだし」みたいな気持ちがどこかにあって。今は床に水をこぼしても、すぐ拭く。家は住む場所であると同時に、貯金などと同じ資産である。その価値を減らさないようにしよう、というのが大きな動機づけになる（そんな動機がなくても、自分でこぼした水くらいただちに拭け、という内なる声も）。

インテリアも趣味のもので整えた。何かの本で、人は好きなものに囲まれていると心が安定する、と読んで「たしかに、そうだ」と。誰でも家を一歩出れば、職場で地域社会で、多かれ少なかれストレスがある。家に帰れば、ほっと落ち着く。そのことの精神面への効果は大である。

家を持つことへのこだわりは、私は昔からなく、マンションを買うのは単に経済面、物質面の基盤づくりと考えていた。が、そこから心の方へとフィードバックしてくる作用はあると、持ってみて感じた。

購入してからは、今よく言われる「ていねいな暮らし」を自然としていたように思う。家がいちばん落ち着ける場所になると、無駄に外で過ごすのが嫌になり、ごはんもそのへんで済ませるよりは、多少お腹がすいてもがまんして、家で作って食べたくなる。結果として節約になり、心への作用が、経済面に再びフィードバックする、という循環が生まれる。節約して貯金に少し余裕ができたら、ローンの繰り上げ返済に充てられる。

ローンは借金ではあるけれど、気持ちとしては、返済をしているというより、自分の家を少しずつ買っている感じになる。

三十代半ばから五十になるまでの間には、予期せぬ出来事もあった。不況で収入が少なくなったり、病気で入院してしまい一ヶ月間仕事ができなかったり。マンションを購入するときの私が、いちばん避けたかった事態だ。

でも、買ってしまったからどうこう、ではない。ローンが払えなくなるときは、イコール家賃も払えなくなるとき。

そのとき持ち家なら、いざとなったら売るなり貸すなりして窮地をしのぐこともできよう。それも賃貸との大きな違いで、苦しい状況のもとにあった私には、安心材料となった。

さらにいえば病気をしてからだと、ローンを組むのが難しくなる。ローンの申込には生命保険への加入が伴うためで、病気だからとはじめからあきらめることはないが、たいへんではある。私が病気をしたのはマンション購入からわずか数年後。若くて病気になるなんて、まったく想定になかったことで「あのとき決断しておいて助かった！」と思った。

むろん、ものごと、そううまい方にばかり運ぶとは限らない。一般論として賃貸を続けた場合と買った場合と、生涯の総収支を計算してどっちが得か、みたいな比べ方が、果たしてどこまでできるのか。

少なくとも私にとっては、精神面でプラスがマイナスを上回ると感じている。

「余分」の基準

　引越しのとき当初、モノを減らすことに関して割合楽観的だったと書いた。私はそんなに必死でモノを捨てることはなさそうと。日頃から「余分」なものはそんなに持たないようにしているつもり。

　それというのも前に親の家の引越しを手伝って、モノのありすぎるたいへんさを痛感していたからだ。

　親はそのとき七十代。七十代での引越しは体力的な負担が大きいだろうからと、荷造りは業者に依頼し、私はその前の段階の、モノの整理を請け負った。親は私に任せるとのことなので、親が家にいない日に行って、引越し先に持っていくものと持っていかないものを分け、後者を処分することを繰り返した。

　そのたいへんさといったら！

　昔の家の押し入れの収納力は、半端ではない。奥行きが深いし、天袋もある。納戸もまたブラックホール級。掘っても掘ってもモノが出てくる感じだ。

親のモノ持ちのよさには驚くばかり。店の名と電話番号の入った未使用のタオルがあったのだが、東京〇三の後の市内局番が今は四桁なのが二桁だったから、いったいどれくらい前のタオルなのか。

空箱もたくさん。お中元、お歳暮、到来物の箱はぜんぶとってあるのでは、と思うほどだ。空のつもりでつぶしていくと、ときに中身が入っている。未使用のシーツ、お仕立て券つきワイシャツ生地。賞味期限のとうに過ぎた瓶詰めも。

中身をあけて、瓶は洗い、箱はつぶす。箱つぶしのために私は、何回休日をつぶしたか。

「モノをとっておくって、ときに人を苦しめるな」

親を責めることはできない。戦争中のモノの少なさを経験している世代。モノのないつらさ、不便さは骨身にしみていただろう。私の子どもの頃はもう新幹線が走る世の中になっていたのに、親はお菓子の缶はもちろん、包装紙、リボン、缶からはがしたセロハンテープまでだいじにとっていた。まだ「使える」ものを捨てるなんて、もったいなさすぎて、できなかったに違いない。

親に習慣を変えよ、とは言わない。でも自分は同じことをしていてはだめ。そういう親に育てられたから、「もったいない精神」みたいなものは私もかなり根強くある。

が、親の世代と私とでは、モノをとりまく環境が違いすぎる。

特に都市部の住宅事情ではモノよりもスペースが、どうかするともっと貴重だ。空の箱をとっておくため高い家賃なり、ローンなりを払うなんて、それこそもったいなさすぎる。

使えるかどうかではなく、「使うかどうか」という物指しで考えよう。まだ使えるけど実際あんまり使っていない、これからも使いそうにないものは、運よくもらってくれる人がいればいいけど、そうでなければ、リサイクルショップに持っていくか、心を鬼にして処分する！

そのように早め早めに手放すことを心がけていたので、引越すことが決まっても、さほど慌てなかった。が、いざ引越し業者に依頼する段になると、なんとなく落ち着かなくなる。

寝る前、歯をみがいていても、「そうだ、あの部屋のあのへんに、まだ減らせるモノがあるんじゃないか」。突然思いつき、早々に口をゆすいで、その部屋へ小走り。家の中で走っている自分って……。

ボールペンは、景品などでもらって溜まりがちだが、インクの出の悪いのを苛々《いらいら》しながら使うことは、もうしなくていいのでは？　インクの出のよい三本のみを残して、処分。バスタオルは、たたんでもかさばるし、洗濯の後の乾きも悪いので、これからは使わずに、フェイスタオルのみで済まそうか。

こまごましたモノでも、「塵も積もれば」でずいぶん減って、「余分なモノが私にも、まだまだあったんだな」と思った。勢いづいて、引越してからも「まだ減らせるモノはないか」という目でばかり、身の回りを見ていた。

あるとき同世代の女性と、親の家の片付けについて話す機会があった。その人は離れて住む親が施設に移ることになり、親の家をたたんできたばかりという。

親の家の収納を開けて驚いたのは、トイレットペーパーの多さ。トイレの収納だけでなく、納戸や押し入れと、いろいろなところに入っていた。包んである紙の印刷がすでに変色しているものや、湿気を吸って凸凹になっているものも。トイレのたびに使っても、使いきるのに何年かかるかと思う量だったそうだ。肌着、タオル、シーツ類も相当、溜め込んでいた。

「捨てられないんだよね、あの世代の人たちは」。私が言うと、女性は、「いやー、あれは過去の体験だけじゃなくて、将来のことも頭にあった気がする」。

その人の親は八十代。体力の衰えを感じて、日々必要なものは「なくなったとき、買いにいけないと困る」と考えて、ふだんから多めに持っていたのだろうと。身の回りにモノが多めにあることが、たぶん安心だったのだ。適量と感じるモノの量は、世代ではなく年代で違うのかも。

老後に向かって生活をスリムにしていく練習ができたかと、仮住まいと自宅との二度の引越しで思っていた。が、モノとの関係は単純ではなさそうだ。何が「余分」で何がそうでないかの基準は、年に応じて変わっていくのかもしれない。

粗大ごみを出して

意を決して粗大ごみを申し込んだ。一五年間使った二畳敷きのカーペットが、不要になった。

「意を決して」とはおおげさなようだが、粗大ごみを出すのは気が重いものだ。自治体のごみ減量施策に反するようで後ろめたいし、電話で申し込んで日を決めて、それまでにごみ処理券を指定の場所で購入するなど、何かと面倒だ。券に名前を書いて、目立つところに置いておくのも、ご近所に極りが悪い。

敷地内のどこならじゃまにならないか、前もってマンションの清掃員の男性に訊ねると「カーペットなら小さく切れば、燃えるごみの袋で出せるじゃない」。

私もそれは考えた。が、鋏《はさみ》では歯が立たない。そう言うと「持ってきてみて」。巻いたものを抱えて外へ。丸太よろしく鋸《のこぎり》で挽くとか？「あー、これ、広げた方がやりやすいんだ」。言われたとおり広げると、カッターで幅四〇センチほどに裂いていき、みるみる巻いて袋に収めた。おみごと！

「お金使うことないよ。処理の券も結構するでしょ」と清掃員。幸いまだ買っておらず、申込は取り消した。

しばらくしてまた、大きなものが不要になる。ベッド下の半分が収納で、わかりにくくて恐縮だが、横がベッド幅の半分、縦がベッドと同じ長さの底板がある。モノは入れておらず、ずっと空。底板は無駄なだけでなく、床暖房の温気が上がってくるのを、じゃましてしまいそうだ。本来なら粗大ごみだが、鋸でなんとかなる？

「ご親切にあまえて、お助けを」。清掃員に相談すると、「あー、これもカッターでできる」。カッターで溝をつけ、歩道と車道の段差に渡して踏んづければ、女性の力でも面白いように割れる、割れる。

二度の体験で、つくづく思った。頭と刃物は使いよう。彼のようにお金よりまず知恵をはたらかせたいものだし、知恵なきときに頼れるよう、人間関係をだいじにせねばと思うのだった。

もう年金

一通の封書が届いた。差出人は生命保険会社。長きにわたり契約していた個人年金保険が支払いを迎えることとなったので、ご案内申し上げるというものだ。「えーっ、もう？」と驚く。年金を受け取るのは、もっと先のことに感じていた。案内に記された支払開始年齢は五五歳。

「私ったら、五五歳を〝老後〟とみなして備えをはじめていたなんて。若かったものだな」と苦笑しつつ、契約内容を見れば、加入したのは十年前であった。百万円を一時払いしている。

十年前の自分が何を思って加入したのか今となっては推察する他はない。たまたま普通預金の口座に、さしあたって使う予定のないお金があり「このままただ置いていても、なんとなく減ってしまうから」と貯金箱に移すようなつもりで加入したのか。

そこには貯金箱を開ける自分が十年後にいるという想定がある。契約日を仔細に見れば、がん治療から五年半後。治療後の見通しは五年生存率で示されることが多いが、その期間を過ぎてようやく先々へ目が向くようになったのか。あるいは無理やりにでも、気持ちをそちらへ方向付けたのか。

タイムカプセル郵便を思い出す。未来の自分へ書いた手紙が、一定期間保管された後送られてくるもので、さまざまな団体が主催している。個人年金支払いの案内はそれと似た、過去からの手紙のようで、しばし物思いにふけった。

支払いは一括か、年に一一万一三〇〇円ずつ十年にわたって受け取るかを選べる。この先いつまで仕事があるか。そのときの私にとって一一万一三〇〇円は、どんな額だろう。

いずれにせよ自分の生きていることを信じ、十年間の受け取りにマルをつけて返信した。

あっという間におばあさん？

一年の半分が過ぎようとしている。「もう六ヶ月が経つのか」。速さに驚く。小学生の頃なんて、夏休みが明けてから冬休みまでの四ヶ月近くが、気の遠くなるほど長かった。大人と子どもで違う時間が流れているのではと思うほど。

六ヶ月の間に私はひとつ年をとった。

ジムで体脂肪率を割り出す際、毎回必ず数字を入力するので、自分の年齢は間違いなく認識している。それでも心情的には「もうこんな年？」。年をとる速さも信じられない。

集中力は体力である。体力の衰えとともに、前と同じ作業をするのに、時間がかかるようになったと感じている。期日までに書いて送って校正刷りが来て戻し……。作業サイクルに相対的な加速度がつき、気がつけばあっという間におばあさんになっていた、という日が来るのだろうか。

いや、そうとは限らない。サイクルを回すのに必死で周りが見えずにいるうち、いつの間にか「おわコン」になり、仕事が激減することも充分あり得る。期日が常に頭にある生活をずっとしてきて、突然暇になるのはこわいようだが、そう悲観したものでもあるまい。この仕事をはじめた二十代後半から三十くらいまで、締切は少なく暇たっぷりで、とにかく本を読むことができた。あれはあれで満ち足りていた印象だ。

締切が少ないとは、イコール収入が少ないこと。何でもよく食べ寒暖の差にも強かった若い頃の支出サイズに、年をとってから戻すのはつらいだろうし、「やっていけるかしら」と不安だ。が、そのときになったら「かしら」も何もない。「やっていく」のみ！

おばあさんになっていくのを思い煩うより、目先のことひとつひとつに注力する。時の奔流に圧倒されてしまわぬための踏ん張り方である。

ふつうの日々をなるべく長く

宅配便を出しにコンビニに行き、伝票をもらう。財布を脇に挟んだまま、住所、氏名とボールペンを走らせ、荷物とともにレジに出す。「お届け日の指定はありますか」「いえ、なしです」。店員が書き込む受付日の数字に、目をとめる。すごい、この年月日に立ち会うことができているとは。

スポーツジムの風呂から出た更衣室。久々に体脂肪率を計ってみるか。算出のため年齢を入力してから、まじまじと見る。すごいな、この年齢を迎えることができているなんて。

ご存じのかたには「またその話？」と思われても恥ずかしいのだが、四〇歳のとき虫垂がんを患った。めずらしいがんで、早期発見が難しい。健康そのものと思い込んでいた私なので、告知でただちに死の恐怖が実感をもって迫ってきたわけではなく、とにかく大急ぎで仕事を片付け、入院、治療と突き進み、死を身近に感じたのは、退院した後だった。

ドラマではよく「手術は成功しました」と主治医が額に汗して言うけれど、あれは「治りました」を意味しない。確認できるがんは取りきれたが、残りのがん細胞が勢いをぶり返して、再発を引き起こす可能性がある。私も手術で治るより、治らない可能性の方が大きかった。再発したからといって、終わりではないが、一般的に状況はかなり厳しくなる。

退院してからの私には、今日の続きの明日がいつ脅かされるかしれない不安が常にあった。次に病院に行ったら、突然、残りの命が年単位、いや月単位であることを告げられるのではあるまいか。がんのことを人には言わなかったので、それまでどおり仕事の打合せもするけれど、来年の話が出ても「来年なんて、私はいないかもしれないのにな」という思いがつきまとっていた。

それまでの私には、将来へと伸びる時間軸が意識せずともあったのだ。六十代、七十代とたぶん続き、その先は曖昧模糊としているが、平均寿命の八十いくつまでは、まあ行くかなと。再発リスクを抱えてからは、それがいつ、ぼきっと折られるかわからないものとなった。

「来年」という言葉くらいで動揺する私だから、長いスパンのことは考えず、目先のことに集中するようにした。仕事もそうだし人間関係でも、例えばちょっと悪かったかなと思うことがあれば、いつか謝ろうとかこの恩を返そうとかでなく、今「ごめん」と言ってしまう。そんなふうに一年、二年をどうにか過ごし、三年くらいは硬く身構えていたけれど、五年、十年経つと、さすがに緊張がやわらいでくる。が、油断すると、ふいに刃《やいば》を突きつけられる。

腫瘍マーカーというものを、お聞きになったことがあるだろうか。血液中の物質からがんの勢いを推定するのだが、それで診断がつくものではない。がんから一四年が経った頃、出張先の町を同行者たちと歩いていると、携帯電話が鳴る。検診を受けて間もない病院からだ。「腫瘍マーカーの値が高かったので、近々受診して下さい」という。

足を止め、地面に鞄を置いて手帳を取り出し、予約を入れて、何くわぬ顔で同行者たちの列に戻ったが、内心打ちのめされていた。さっきと同じはずの町並みが、半透明の膜の向こうに遠のくようだった。四十代をがんとともに過ごし、親の介護がはじまって、親より先に死なないという目標を達成し、看取りも無事終えて、「さあ、これから」というところで、私の人生、寸詰まりになってしまうのか。

「まだがんと決まったわけでもないのに、単に腫瘍マーカーが高かっただけなのに、今からこんなに落ち込んでいてどうする！」と自分を叱咤し、画像検査へ進んで、幸い異常は認められず、先生も「がんでなくても体質的に値の高く出る人はいますから」と言い沙汰やみになったが、それまでの日々は忘れがたい。周囲の世界と距離ができ、何をしていても、体の奥には重く冷たい塊があるような不安と恐怖感。考えてみれば、退院後三年くらいはいつもこうだった。腫瘍マーカー騒ぎは、健康のかけがえのなさを、改めて私に思い知らせた。

今、私が健康をかみしめるシーンに、特別なものはない。富士山の登頂を果たすとか、ホノルルマラソンを完走するとかの、象徴的なことで確認しなくても、宅配便を出す、体脂肪計に乗るといった、ドがつくほど日常的なことの中で感じている。「よく生きているな」と。幸せを感じる閾値《いきち》が下がったというか、幸せを感じやすい「体質」に、がんの後変わった。

検診はまめに受けている。早期発見の難しいがんを患いながら助かった命を、早期発見しやすいがんで落とすのは、もったいない。生活習慣も、就寝が遅いこと以外は、食事、運動など割とよく保たれているつもり。がんは予防しきれぬ病だが、生活習慣で予防可能な病により命を落とすのは、もったいなさすぎる。

ふつうの日々をなるべく長く続けていきたい。それが私の願いである。

あとがき

五十代も後半に入った。あれよあれよという間のことだった。ジムの体脂肪計で年齢を入力するたび感慨めいたものを抱くとさきに書いたが、感慨にはこの思いも含まれる。「もうそうなんだ。いつの間に？」という思い。

四十代の終わりから五十代前半にかけて介護をしていたことも大きいだろう。父親を九〇歳で看取った。

直後の虚脱状態とそこからの再スタートは『二人の親を見送って』に記したところだが、数年過ぎて振り返ると、年をとることについて介護から多くを教わった。自分の今後に役立ちそうなひとつとして、「気難しくない方が何かといいな」。幅広く受け入れる雰囲気のある方が、人は親切にしやすいようだと、入院中や外出先での父と周囲のやりとりを、少し離れたところから客観的に見ていて感じた。

五十代にもなると、たいていのことに慣れたやり方を持っていて、それと異なるやり方に違和感をおぼえるか、どうかすると否定してかかってしまう。口にしないまでも心の中でダメ出しをすることが、頻繁にある。顔つきや態度に表れているかもしれない。他方、忘れっぽくなったり、体力や適応力が追いつかなかったりで苛々し、それを認めたくない心理から他罰的になりやすい。

慣れないこと、世の中が勝手に変わっていくことに「ノー」ばかりだと苦しそうだし孤立もしそう。ニュートラルに向き合って、取り入れられることは取り入れていこう。

介護が終わると、自分のために使える時間は増える。とはいえ、体力とともに集中力も落ちてくるので、ひとつの仕事に前よりも時間がかかるようになり、従って、介護に割いていた時間がすべて、余暇にスライドしたわけではない。

それでも、時間的にゆとりができたことは事実だ。ジムに行けるようになり、旅へも「家に親を置いてきている」という罪悪感なく出かけられるようになる。

時間ができると、新しいコトをしたくなる。レッスンに参加したり、行ったことのないところまで買い物の足を延ばしてみたり。「私ってこういう面があったのだ」という発見があった。リフォームはその最たるもの。親の好みに合いそうな昭和レトロな洋室になったリビングにいると「父や母に見せたかったな」と思うが、介護をしている頃は絶対できなかった、というか、リフォームなど考えつきもしなかった。

前著『捨てきらなくてもいいじゃない？』のあとがきに書いたモノ減らしの傾向は、基調としては続いている。服を減らすにはクローゼットの中身をいったん全部出してみることと、よく言われるが、引越しではクローゼットのみならず家じゅうのモノを全部出すのだ。しかもそれを、仮住まいへの行きと帰りで二回も経験した。何が何でも使い続けるつもりだった器、家具、ペルシャ絨毯やキリムという敷物など、帰りの引越しの際、あるいはリフォーム後の自宅に戻ってきて、ついに手放したモノもある。いずれも愛着があり、手放すなんて当初は考えられなかったが、なくなってみれば「あれも、なくて済むモノだったのだな」。おしゃれと読書の欲求はまだあるけれど、それらももう収納に困るほど持つことはないだろう。

少しはゆとりができたところで「人のためになるコトも、たまにはしないと」という思いもめばえた。献血のところで書いたように、「なんか自分のことばっかり考えていない？」とときどきわれに返るのだ。介護や自分の病気など人に助けられる場面の多いできごとを四十代、五十代と、経てきたためもありそう。

この本の終わりの方に登場する「元ちゃんハウス」の先生のように残念ながら亡くなる人も、同世代には出てきている。その人たちの最後の日までの生き方や、したかっただろうことを思うと「こうしてはいられない」と発奮する気持ちがわいてくる。

結びの一篇「ふつうの日々をなるべく長く」は今の私の掛け値無しの願いだ。健康に留意し、六十代、七十代でもエッセイを書いていることができたら幸いである。

二〇一七年冬

岸本葉子

文庫版あとがき

五十代としての経験を積んで、モノ減らしはますます進んでいるはずが、ストップをかける事態が起きた。新型コロナウイルスの出現だ。

社会不安は人を備蓄に向かわせる。心理的要因のみならず現実に外出の自粛を求められたから、多めに買わざるを得なくなる。マスク、紙製品、缶詰め、乾麺などさまざまな品が不足ぎみに。私はトイレットペーパーを残り一、二ロールになったら買いに行くのが常だったが、感染拡大当初は店になく「いざとなったら便座の温水洗浄と乾燥機能がある」と自分に言い聞かせつつ、最後のひとつを惜しみ惜しみ使った。

ストックを持たない暮らしも考えものだ。百年に一度とされるパンデミックのために、次のパンデミックにまず遭うことはない私が生活スタイルを見直す必要はないともいえるが、別の事情で買い物に出られなくなることは起こり得る。加齢で流行《はや》り風邪にはより慎重になるとか、若いときは悪天候をおして出かけたところを「風にあおられ転倒でもしたらたいへん」と控えるとか。

知人が親の家の片付けにいったら、一生かかっても使いきれないほどのトイレットペーパーがストックしてあった話を、以前エッセイで紹介したが、その元にある不安が理解できる。他方、現実的な量というものがあるはずで「これ以上はなくていい」と判断する力を養っておきたい。

五十代でしたくなったコトの最たるものはダンスフィットネスだ。緊急事態宣言でジムへ通えなくなった間は、ダンスフィットネスの動画を探して家で続けていた。そのための環境作りとして、自宅改装後いちども変えたことのなかった家具の配置を変更し、床の衝撃を抑えるようヨガマットを敷いた。

従来の方法ではできなくなっても「したくなること」がよくわかり、したいことのあるありがたさも感じた。それがなければ、報じられる感染者数に一喜一憂し、コロナに振り回される日々になっていた気がする。事実、当初はスマホで号外の着信音が鳴るたび、事態の深刻化を予期して動悸が速まったのである。

この本で多くの頁を割いている服についても、ないと言われて欲しくなるようなことはもうないだろうが、おしゃれそのものからはリタイアするまいと、改めて感じた。家にずっといるのでパジャマ兼用のトレパンで一日じゅう過ごしても構わないわけだが、それではメリハリがつかない。ずいぶん前見学に訪ねた老人ホームで施設長さんが、「食事のときは、着替えられる方にはなるべくおしゃれをして来ていただきます」と話していたのを思い出す。コロナ以後も心に留めたい。

自分のことばかり考えていると居心地悪く感じることがますます増えてきたのも、コロナゆえか、あるいはそれこそ年を重ねたせいか。ネットで買った服を身に着け機嫌よくなっていても、動画に合わせて楽しく汗をかいても、そのような状況にない人を思うと胸の奥がしんと冷える。かといって楽しさがないかのようにふるまい、機嫌よくなれることを断つのは、偽善であろう。

自然体で、かつ則《のり》を超えないところを探し、足し算、引き算はまだ続きそうだ。

二度目の緊急事態宣言中の令和三年春に

岸本葉子

『50代からしたくなるコト、なくていいモノ』二〇一七年十二月　中央公論新社刊

中公文庫

50代《だい》からしたくなるコト、なくていいモノ

2021年3月25日　初版発行

著　者　岸本《きしもと》 葉子《ようこ》

発行者　松田 陽三

発行所　中央公論新社
〒100-8152　東京都千代田区大手町1-7-1
電話　販売 03-5299-1730　編集 03-5299-1890
URL http://www.chuko.co.jp/

ＤＴＰ　平面惑星
印　刷　大日本印刷
製　本　大日本印刷

Published by CHUOKORON-SHINSHA, INC.
Printed in Japan　ISBN978-4-12-207043-1 C1195

岸本葉子＊好評既刊

人生後半、はじめまして

心や体の変化にとまどいつつも、今からできることをみつけたい。新たな出会いや意外な発見！　未知なるステージへ期待が高まります。★

50代、足していいもの、引いていいもの

やるべきことは「捨てる」ことではなく「入れ替え」でした！　モノの入れ替え、コトを代えて行うなど新たなスタイルを提案します。★

ふつうでない時をふつうに生きる

外出制限、リモートワークにとまどう毎日。日常を見直し、自分のペースを発見するチャンスかも？　変化に応じても、ぶれない心の持ち方を提案。★

生と死をめぐる断想

人はどこから来てどこへ行くのか？　がんを経験した著者が治療や瞑想の体験や仏教・神道・心理学の渉猟から、生老病死や時間と存在について辿り着いた境地を語る。☆

二人の親を見送って

老いの途上で親の死は必ず訪れる。介護や看取りを経て、変化するカラダとココロ、人と自然のつながりを優しく見つめ直す感動のエッセイ。☆

★四六判単行本
☆文庫